KB176106

잘
죽어야
합니다

행복한 죽음을 위하여

잘
죽어야
합니다

최형숙 지음

행복한 죽음을 위하여

이담
Books

들어가는 글

친구 아버님이 돌아가셨다는 연락을 받고 헐레벌떡 장례식장에 달려갔다. 친척들이 우왕좌왕하고 있었다. 장례는 간단한 일이 아니었다. 친구는 급한 마음에 웰다잉 지도사인 나를 불렀던 거다.

친구는 외아들이었다. 위로 누나가 둘 있었다. 아내가 있었지만 이혼한 후였다. 모든 일을 혼자 처리해야 한다는 압박 때문에 더 정신이 없어 보였다. 사람들이 하나둘 모여들기 시작했다.

장례식장 사무실에서는 필요한 물품과 절차를 안내한다. 하나부터 열까지 돈이다. 저렴하게 하려니 돌아가신 아버지한테 죄를 짓는 기분이고, 비싸게 하려니 도를 지나치는 허세 같다. 장례를 치르는 모든 가족들이 고민하고 갈등하는 부분이다.

저녁나절에 멀리 사는 누나 두 명이 가족들을 데리고 도착했다.

"아버지가 위독하면 연락이라도 해야지 임종을 지키든지 할 거 아냐? 너는 아들이라는 애가 왜 그 모양이냐?"

"아버지가 재산 어떻게 나누라고 써 놓은 유언장 있니?"

"아버지 꼬드겨서 네 앞으로 다 미리 옮겨 놓은 건 아니지?"

"행여 아버지 재산 혼자 독식하려고 하지 마라, 요즘은 딸도 자격 있다."

"네가 아들이니까 장례식은 알아서 다 처리해!"

"먼 길 오느라고 힘들어 죽겠으니까 시원한 음료수 좀 가져와."

막장 드라마를 보는 듯했다. 친구들은 녀석이 안쓰러워 어깨를 툭툭 두드려준다.

이혼한 아내도 도착했다. 참 고마운 사람이다. 시아버지의 병간호를 위해 사표까지 냈다. 그런데도 가족 전혀 챙기지 않는 남편이 야속해 결국 헤어지게 됐다고 한다. 부부간의 갈등이야 남모를 사정 있겠지만, 적어도 장례식장에서 몫을 다하는 걸 보면 착한 사람임에 틀림없었다.

돌아가신 친구 아버님은 30대 초반 혼자 되셔서 3남매를 금이야 옥이야 농사지으며 키우신 분이다. 시골 분이시지만 교육열도 높으셔서 친구는 서울로 대학을 갔었다. 누나들도 타지로 대학을 보냈었다. 이런 아버지의 희생을 알기에 친구는 아버지를 보내기가 쉽지 않은 것 같다.

영정 앞에서 흐느끼기만 하는 친구를 대신해 이혼한 부인은 사무실에 가서 장례 절차나 음식 주문 등 차분히 진행해 나갔다. 모르는 것이 있으면 친구인 우리에게 도움을 청해 가면서 했다.

　3일장 내내 누나들은 불평, 불만으로 장례식장을 불안하게 했고, 친구는 넋이 나가 있었다. 일은 서류상 아무 상관도 없는 전 부인과 친구들이 했다. 사무실에서는 망자를 위한 것이라는 미명하에 무조건 장삿속으로 일을 진행하였다. 웰다잉 교육의 필요성을 체감으로 느끼는 순간이었다.

　병원에 계실 때 웰다잉 지도사인 나는 친구들과 병문안을 갈 때마다 친구와 친구 아버지께 사전의료의향서나 사전장례의향서에 대한 이야기를 수차례 했다. 그때마다 친구는 버럭 화를 냈다.

　"우리 아버지는 나랑 앞으로 30년은 더 사실 건데 재수 없이 왜 장례식을 어떻게 할 건지를 준비하라고 하냐? 네가 아무리 내 배꼽 친구라도 너 보기 싫으니 가라." 하며 나를 내쫓곤 했다.

장례식장에서 처음으로 내 손을 잡으며 말했다.

"형숙이 네 말대로 아버지 뜻대로 해 드릴걸. 네가 다녀간 뒤에 아버지가 사전 장례의향서 이야기하려고 하면 내가 재수 없게 그런 말씀하시지 말라고 소리 지르곤 했어. 이렇게 갑자기 돌아가실 줄 생각도 못 했다."

이 일을 계기로 나는 웰다잉에 대한 책을 쓰고 싶다는 생각을 하게 되었다. 사전의료의향서를 작성하므로 연명 치료에 대한 나머지 가족에게 죄책감이나 경제적 손실을 적게 하고, 사전장례의향서를 작성해 놓음으로써 내가 원하는 제단 장식이나 배경음악, 음식, 입관절차, 수의, 장례 절차 등 구체적인 내용으로 진행 된다면, 유가족들이 덜 당황하고 신속하고 차분히 장례를 진행할 수 있을 것이다. 그것이 웰다잉이고 남은 가족에 대한 사랑이고 배려이다.
웰다잉 강의를 한다고 해도 한정되어 있는 청강자와 만나는 사람들에게 말로 아무리 이야기해도 듣지 않으면 아무 소용이 없음을 안다. 책으로 읽고 생각하고 느낀다면 죽음을 마주할 수 있는 용기가 생길 것으로 생각했다.
죽음을 마주할 때 비로소 삶이 보인다. 우리는 사는 것에 집중하다 보면 정작 죽음을 맞이했을 때 아무런 준비도 없이

본인의 선택이 아닌, 주위 사람들(자손)의 선택으로 모든 것이
진행된다.

이 책은 우리 주변에서 실제로 있었던 여러 사례들로 이루
어져 있다. 죽음은 남녀노소 상관없이 온다.

주변에서 죽음을 대면하면서 느끼는 것은 누구나 시한부 인
생을 살면서 영원히 살 것처럼 삶을 산다. 죽지 않는 불사조
의 신화처럼 말하고, 행동한다. 죽음은 99살 10월 말쯤에나
나한테 온다고 생각하고 나와는 상관없는 먼 나라 이야기라고
생각한다.

친구와 버스를 기다리다가도 죽음을 맞이할 수 있다. 배가
아파 병원에 갔다가 암 진단을 받기도 한다. 병문안을 갔다
오는 길에 교통사고로 순식간에 죽음을 맞이하는 경우도 뉴스
에 나온다. 잠자다가 심근경색으로 죽음이 찾아오기도 한다.
죽음은 언제, 어디서, 어떻게 올지 아무도 모른다. 그렇지만
우리가 죽는다는 건 무엇보다도 확실한 사실이다.

매일매일 밥을 먹고 잠을 자고 하루를 살아내듯이, 우리의
삶도 순간순간 죽음을 인식하고 이야기하고 공부를 한다면 더

나은 우리의 삶이 될 것이다. 인생 입학식인 탄생은 내 의지대로 할 수 없지만, 인생 졸업식인 죽음은 공부한 만큼 후회 없이 맞이할 수 있을 것이다. 이 책이 여러분에게 삶을 행복하게 살아가기 위한 죽음을 생각하는 좋은 발판이 되었으면 하는 마음으로 글을 쓴다.

2020년 4월의 첫날
햇살 따스한 사무실에서
최 형 숙

- 차 례 -

제5장 **생명존중과 호스피스**

제1장

잘 죽어봅시다

01

누구나 마지막은 있다

추운 겨울이 되면 깔깔거리며 웃던 친구가 버스에 치여 얼굴이 하얗게 누워있던 장면이 스친다. 여고 2학년 시내버스 통학을 하던 나는 친구와 깔깔거리며 버스를 기다리고 있었다. 시골이라 버스가 많이 다니지는 않았다. 나는 안내양이 '오라이'라는 말을 하면서 버스를 탕탕 치면 출발하는 회수권 시대의 사람이다.

시내버스에 학생들을 많이 태우기 위해 기사 아저씨는 커브 길에서처럼 급브레이크를 밟았다 놓으면 사람들은 한쪽으로 쏠렸다. 다 들어가지 않을 것 같던 버스 안으로 들어가 시내버스 문을 닫았다. 매일 타고 다니는 버스가 사람들과의 이리저리 부딪침으로 불쾌함이 아니라 너무 재밌었다.

아침이면 통학차 시간에 맞추어 정류장에서 영미와 만났다. 영미와 나란히 주머니에 손을 넣고 서서 발자국 놀이를 하며 허리를 굽히고 웃고 있을 때 느닷없이 큰 시내버스가 영미를 덮쳤다. 악~ 소리를 지르는 순간 영미는 누워 피를 흘리고 있었다. 주위의 모든 사람들이 친구에게로 몰려들었다. 온몸을 덜덜 떨며 울고 있던 나는 기절을 하고 말았다.

어른들이 몰려오고, 버스 기사도 울고 있었다. 우왕좌왕하는 발소리에 기절에서 깨어난 나는 영미에게 엉금엉금 기어갔다. 영미는 얼굴이 하얗게 뽀얀 피부로 누워있었다. 죽은 사람 같지 않게 너무 예뻤다. 만지려고 하니 어른들이 나를 끌어냈다.

영미가 그냥 하얀 얼굴로 잠을 자는 것 같았다. 눈만 감으면 영미 얼굴이 생각났다. 밥을 먹어도, 공부를 해도 영미가 생각났다. 난 며칠간 학교도 가지 못했다. 친구 장례식장도 가지 못하고 아팠다. 친구 영미의 죽음이 나에겐 가장 가까이 죽음을 접한 처음이었다. 해마다 추운 겨울이 오면, 유난히 추운 날이면 내 친구 영미와의 추억을 되새기며 시간 여행을 떠난다.

한겨울 집 옆에 있는 교회 언덕에 우리는 비료 포대에 지푸라기를 잔뜩 넣고 눈 오는 날이면 모였다. 호호 손을 불며 춥다는 생각보다는 누가 빨리 포대를 타고 내려가느냐에 정신이 팔렸다. 해가 빨갛게 넘어갈 때까지도 우리는 배가 고픈 것도 참으며 한 번이라도 더 타려고 줄을 섰다. 엉덩이는 눈이 묻어 다 젖어서 얼룩이 져서 차가워도 동네 오빠 언니들이 많이 타는 것이 배가 아파 죽기 살기로 포대 눈썰매를 탔다.

동네 아이들이 모두 다 집으로 돌아가고 나면 경철이는 혼자 비료 포대를 만지작거리며 그 자리에 있었다. 할머니가 혼낼 게 훤하기 때문에 저녁이면 집에 가는 걸 싫어했다. 부지깽이로 맞는 날이 허다했던 경철이는 맨날 입버릇처럼 말했다.

"우리 할머니 얼른 죽었으면 좋겠어. 그럼 나를 때리지도 않고 잔소리도 안 할 건데……."

"그래도 할머니 계시니까 밥은 먹는 거잖아?"

"난 그래도 할머니가 죽었으면 좋겠어. 집에 가기 싫어."

땅바닥에 나무 막대기로 빙빙 동그라미만 그린다. 모두 다 집에 가고 경철이를 집에 데려다주고 난 집으로 왔다. 저녁을 막 먹으려고 숟가락을 드는 순간, 경철인 맨발로 우리 집 마당에 들어섰다.

"아줌마, 우리 할머니가 이상해요. 우리 할머니가 숨을 안 쉬어요."

"뭐라고? 할머니한테 빨리 가보자."

엄마는 경철이 손을 잡고 마당을 가로질러 나갔다. 나랑 오빠도 무슨 일인가 밥숟가락을 집어던지고 경철이네 집으로 달려갔다. 경철이 할머니는 문지방에 손을 뻗어 놓은 채 돌아가셨다. 경철이는 울지도 못하고 꺽꺽거리고 있었다. 고1 겨울방학 덩치가 큰 경철이는 그렇게 마당에서 돌아가신 할머니 옆으로 가지도 못하고 울지도 못하고 있었다. 부모님이 이혼하고 갓난아기부터 키워주신 할머니는 예뻐하는 방법을 야단치는 것으로 표현하셨기에 할머니가 죽었으면 좋겠다고 입버릇처럼 한 것이다.

그렇게 동네 사람들의 도움으로 할머니의 장례식을 집에서 치렀다. 사자 밥을 집 앞 조그만 상에 놓아두었다. 상 밑에는 할머니가 평상시에 아끼고 좋아하셨던 까만 털신을 놓았다. 동네 사람들은 경철이의 머리를 쓰다듬으며 혀를 끌끌 차며 말했다.

"할머니 살아 계실 때 잘하지 이 녀석아, 네가 잘 살아야 너희 할머니도 천당 갈겨."

벙어리가 되었는지 눈알만 이리저리 굴리며 먹지도 않고, 잠도 안 자고 사흘 밤낮을 지나 할머니의 장례식을 의연히 치렀다. 우리 엄마는 경철이가 걱정이라며 매일 먹을 것을 가지고 아침저녁으로 들렀다.

의외로 겉으로는 명랑 쾌활하게 잘 지냈다. 여전히 하모니카로 할머니가 좋아하시던 여자의 일생을 불기도 했다. 할머니랑 매일 돼지 밥 안 준다고 싸우더니 할머니가 안 계시니 돼지 밥도 알아서 잘 준다.

"경철이가 할머니 돌아가시고 철이 들었네."

동네 사람들은 칭찬했다.

2년이 더 지나 고등학교를 졸업할 무렵 경철인 할머니의 집을 복덕방에 내놓았다. 얼마 되지 않는 돈이지만 서울로 대학을 가려면 필요했기 때문이었다. 마침 동네 부자 아저씨가 임시로 사 줄 테니 나중에 할머니 보고 싶으면 돈 벌어서 다시 사라고 하셨다. 경철이한테 선뜻 대학 입학금과 자취방을 구할 돈을 주었다.

그렇게 고향을 떠났고, 어쩌다 할머니 산소에만 살며시 아무도 모르게 다녀가곤 했다. 시간이 흘러 바람결에 경철이의 소식이 들려올 때마다 아련한 통증이 몰려왔다. 상담 심리 공부를 하면서 더욱 경철이 어릴 적 할머니에 대한 죄책감으로 잘살고 있을까 하는 마음에 추운 겨울날 썰매를 탈 정도의 눈이 쌓이면 경철이가 가지고 있을 마음의 짐이 느껴져 왔다.

작년 우연히 지인의 소개로 웰다잉 강의를 의뢰받아 찾아간 기업에서 아주 우연히 아는 얼굴을 보았다. 시간이 흘러 변하기는 했지만 그래도 어릴 적 모습이 남아있어 쉽게 알아볼 수 있었다. 35년 만에 경철일 만난 것이다. 회사의 간부로 잘 살고 있는 모습을 본 순간 나도 모르게 안도의 한숨이 나왔다. 누구보다 나의 웰다잉 강의를 심각하게 듣는 경철이의 모습이 눈에 들어왔다.

강의가 끝나고 커다란 사무실로 안내되어 차를 한잔 마셨다.
"형숙아, 오늘 우연히 만난 너의 강의를 들으며 할머니 생각을 했어. 어쩌면 내가 할머니에게 못된 말을 다 들은 사람이 형숙이 너야. 그런 너한테 웰다잉 강의를 들으며 '누구나 마지막은 있다.'라는 내용이 내 귀에 계속 맴돈다. 어렸을 적 그 말을 알았더라면 할머니에게 더 잘 해 드렸을 텐데 하는 생각에 마음이 무겁다. 친구야, 정말 고맙다. 웰다잉 강의는 늙어서 듣는 것이 아니라 젊었을 때 들어야 한다는 걸 오늘 알았어. 너로 인해 나는 죄책감에서 어느 정도는 벗어나, 이제 조금 가볍게 살 수 있겠다. 나도 이제 고향에 가서 친구들도 만날 수 있을 것 같다. 고향 가면 연락할 게, 밥 먹자."라는 대화를 나누었다.

사람은 누구나 마지막은 있다. 천년만년 살 것처럼 시간을 원망하고 후회하며 죄책감에 사로잡혀 하염없이 보내 버릴 순 없다. 더 열심히 사랑하자. 더 열심히 배우자. 더 열심히 배려하자. 더 열심히 행복해지자. 더 열심히 건강 챙기자.

좋은 사람들과 좋은 이야기 나누며 맛있는 음식 나누어 먹으며 좋은 곳 보기에도 바쁜 시간이다. 우리가 오늘이 마지막인 것처럼 사랑하며 행복하게 살아야 하는 이유인 것이다.

02

웰다잉이란

친구가 울면서 전화를 걸어왔다. 무슨 일인지는 몰라도, 통화 버튼을 누르자마자 친구는 한없이 울었다. 씩씩했던 친구의 울음은 나를 진공상태로 만들어 아무 생각도, 말도 없게 만들었다.

친구 남편의 유일한 취미는 등산이다. 외모도, 명품도 관심 없고 오로지 등산에 관한 장비와 옷을 사는 게 유일한 낙인 사람이다. 묻지 마 등산이 아닌, 사람들을 아우르고 다니면서 정상에서 인증 샷을 남기는 건전한 활동을 하던 사람이다. 친구는 남편이 등산 가는 날이면, 오이며 과일 도시락 등을 세심하게 챙겨 보내는 현처 양모이었다. 친구는 남편을 자랑스러워하는 사람이었다.

두 달 전쯤 다른 사람들 편에 친구 남편이 등산 도중 쓰러져 119 응급차로 이송되었다가 수술하고, 중환자실에 있다는 소문은 들어 알고 있었다. 한참을 울고 난 친구가 근황을 이야기한다.

"형숙아. 내가 우리 막내 때문에 못 살겠다."

"막내가 왜? 너희 남편 다쳤다는 소문은 듣고 전화도 못 했네. 미안해."

"미안은 뭐, 너도 바쁘잖아. 괜찮아. 다른 게 아니라 지금 수술하고, 인공호흡기 달고 중환자실에 있는데, 병원에서는 회복될 가망이 없다고 하고 비용이 만만치 않아."

"혹시 건강할 때 사전의료의향서 써 놨어?"

"응, 그런 건 안 써놓고 그냥 텔레비전에서 인공호흡기 꽂은 장면 나오면 입버릇처럼 우리 남편은 그런 거 안 한다고 했거든. 남편이 너무 고통스러워해서 연명 치료 중단하려고 하는데 막내가 막무가내다. 중학교 때부터 형, 누나들은 공부 잘해서 지 앞길 갈 때 막내는 너도 알다시피 맨날 운동한다고 합숙 가서 도망 나오고 속을 여간 썩인 게 아니잖아. 자기는 아빠를 그냥 저렇게 못 보낸다고 한다. 연명 치료 중단 못 한다고 병원 바닥에 앉아 대성통곡이다. 미칠 것 같다. 다른 아이들은 아빠 편하게 보내 주자고 하는데 막내가 반대하니 병원에서도 허락을 안 해줘. 형숙아, 네가 웰다잉 강사니까 우리 막내 한 번만 만나 줄래?"

"많이 힘들었겠구나. 알았어. 내가 시간 맞춰 볼게."

병원 중환자실 면회 시간에 맞추어 가니 온 가족이 중환자실 대기실에 모여 있다. 두 달이 넘는 중환자 병간호를 한다는 것이 쉽지 않다. 조금의 차도만 있어도 천국과 지옥을 오가는 비상이 되는 것이다. 그런 단계를 지나 인공호흡기를 목에 연결해 의식도 없고 인공호흡기에 의지해 숨만 쉬고 있는 상태가 된 것이다. 가족들은 살았다고도, 죽었다고도 할 수 없는 남편과 아빠의 모습에 너무 마음 아파했다.

중환자실에 나도 같이 들어가 친구의 남편을 보았다. 몸에는 수많은 장치와 인공호흡기로 연결된 모니터가 쉴 새 없이 움직이고 있었다. 가족들은 이제 눈물도 말랐다. 가끔 의식이 없어도 고통을 느낄 때면 얼굴을 찌푸리는 경우는 있다고 했다. 가족들은 무조건 연명 치료를 중단하고 싶어 했다. 살아생전 본의의 의사가 뚜렷했기에……

면회가 끝나고 막내아들과 병원에 있는 커피숍에 둘이 마주 앉았다. 얼굴이 반쪽이 됐다고 해도 과언이 아니다. 눈물을 얼마나 흘렸는지 눈 주위가 짓물렀다. 머리도 까치집을 지었다. 눈은 들지 않고 바닥만 쳐다보고 있다. 뭘 마시겠느냐고 하니 아줌마 마음대로 시키라고 한다. 아메리카노 한 잔과 캐모마일 한 잔을 앞에 놓고 우리는 마주 앉았다.

"아빠가 중환자실에 계시니 마음이 많이 아프지? ○○이는 지금 마음이 어때?"

"전 잘 모르겠어요. 슬프다는 표현이 맞는 건지, 미안한 마음이 맞는 건지도요."

"슬픈 것도 맞고 미안한 것도 맞는 거야. 지금 네 마음이 맞는 거야."

"엄마랑 형 누나들은 아빠를 보내 주자고 하지만, 저는 아빠가 죽는다는 것이 용납이 안 돼요. 아빠를 죽이는 것 같아서 싫어요. 그냥 살아 있어야 돼요. 제가 아빠한테 속상한 일 많이 만들어 드려서 제가 성공할 때까지 아빠는 살아 계셔야 돼요."

"OO아. 아빠가 저렇게 누워 계시니, 네가 왜 죄책감이 들지 않겠니? 아줌마 같아도 당연히 그런 마음이 들 거야."

앞에 놓인 찻잔 손잡이를 엄지, 검지로 만지작거리고 있다. 다시 눈물이 차오르는지 두 눈을 꼭 감는다.

"아줌마, 나도 알아요. 아빠가 너무 고통스러워하는 거요. 내 욕심인 것도 알아요. 아빠를 보낼 수가 없어서 그래요. 제가 어떻게 아빠를 보내요."

덩치가 산만 한 녀석이 눈물 콧물 흘리며 커피숍이 떠나가라 운다. 가슴속에서 무거운 돌덩이가 내려앉는다.

"그래 네 마음이 허락할 때까지 더 생각해봐. 아빠를 제일 먼저 생각해 줬음 하는 게 아줌마 마음이야. OO라면 아빠처럼 중환자실에 저런 상황이면 어떻게 할까도 생각해 보고. 아줌마는 OO이가 잘 버티고 이겨 내리라 믿을게. 나중에라도 힘들면 아줌마한테 연락해 줄래? 맛있는 밥 사 줄게."

손을 꼭 잡아 주고 헤어져 병원 정문을 나오는 내 발걸음도 천근만근이었다.

1997년 보라매 병원 사건과 2008년 김 할머니 사건으로 웰다잉에 관한 일반 사람들의 관심도가 높아졌다.

우리나라는 2016년 1월 연명 의료법이 국회를 통과하였다. 2년의 유예 기간을 거쳐, 2018년 2월 4일부터 웰다잉 법(존엄사법)이 시행되었다. 정식명칭은 '호스피스 완화 의료와 임종 과정에 있는 환자의 연명 의료 결정에 관한 법'이다. 웰다잉 법이란? 회복이 불가능한 환자의 연명 의료를 중단, 보류하는 법이다.

웰다잉(Well-Dying)이란? 잘 죽는다는 의미다. 사회적, 신체적. 정신적, 영적 영역이 공존하여 인간으로서 존엄을 지키면서 주변 정리를 잘하고, 편안한 마음으로 삶을 마무리하는 것을 의미한다. 좋은 죽음. 존엄한 죽음으로 개념화할 수 있다. 죽음은 두렵고 불행한 것이 아니다. 삶을 아름답게 마무리하는 순간을 생각하며 준비하는 것이다.

아마 친구의 막내아들 OO이도 아빠가 원하는 존엄한 죽음에 대해 생각해 보는 계기가 되리라 생각한다.

19세 이상이면 누구나 의료건강보험 공단 및 사전의료의향서 등록기관에서 쓰는 사전의료의향서를 써 놓아야 하는 이유이다.

우리 모두 탄생에는 순서가 있어도 죽음에는 언제 어떻게 어디서 갈지 모르기 때문이다. 가족이나 타인이 내 죽음을 선택하게 하기에는 너무 큰 짐을 주는 것이다. 죽음은 나의 죽음이다. 결혼을 내가 결정했듯이 죽음도 내가 존엄한 죽음을 선택하여야 한다.

03

웰빙과 웰다잉

여고 다닐 때 우리 집 마당에는 들마루가 있었다. 여름이면 저녁을 거의 마당 들마루에서 식구들이 모여 먹으며 하루의 일을 이야기하였다. 나에게 들마루는 그렇게 가족의 그림을 그리는 중요한 장소 중 하나이다.

텃밭에 있는 상추와 풋고추를 따서 마당 수돗가에서 씻었다. 바둑이가 옆에서 상추 한 잎을 물고 도망간다. 먹지도 않으면서 나한테 아양을 떠는 모습이 내 입가에 웃음이 묻어난다. 소화가 안 돼 고생하는 나를 위해 엄마는 호박잎을 따서 밥솥에 같이 쪄서, 차린 밥상에 앉아 밥 먹을 때면 엄마가 버릇처럼 하시던 말씀이 있다.

"요즘 텔레비전에서 웰빙 웰빙 하는데 그게 별거여? 이렇게 싱싱하게 농약 안 친 것 먹고 건강하면 그것이 웰빙이지."

우리 식구는 엄마가 하는 말에 아무도 부정하지 않는다. 아버지는 새벽에 일어나면 부엌으로 가서 엄마가 불편하지 않게 부엌 바닥을 먼저 쓸어 주셨다. 엄마의 신발을 마루에서 부엌으로 나올 때 신기 편하게 놓아주는 것도 아버지의 엄마에 대한 사랑 표현 방법의 하나였다. 냉수를 한 잔 드시고, 뒷마당의 토끼장에 들러 토끼풀을 주셨다.

토끼장 옆에 있는 텃밭으로 옮겨 풀도 뽑으시고, 물도 주셨다. 아침마다 일상이지만 아마도 아버지는 식구들의 건강과 맛있게 먹는 상상을 하며 일구었을 거라 생각된다. 엄마가 좋아하는 호박도 심고, 오빠가 잘 먹는 풋고추도 심고, 내가 좋아하는 상추와 토마토도 심고, 골고루 무엇이든 다 있는 우리 텃밭은 훌륭한 마켓이었다.

항상 바쁘더라도 새벽이면 일어나 마당 텃밭에 물을 주고 가꾸는 아버지는 그 순간들을 식구들이 맛있게 먹고 건강하길 기원하는 마음이었을 것이기 때문이다. 우리 집 웰빙 식단을 만드는 텃밭은 아버지가, 표현은 엄마가 하는 구조이다.

옛날에는 웰빙이란 말이 처음 일반인들에게 알려졌을 때는 그냥 먹거리에 한해서 친환경적인 것을 강조했다. 친환경 먹거리 먹고 건강하게 생활하면 그것이 웰빙이라는 개념이다.

'웰빙이란? 몸과 마음의 편안함과 행복을 추구하는 태도나 행동. 유의어인 참살이란? 육체적 정신적인 건강의 조화를 통해 윤택한 삶을 추구하는 삶의 유형이나 문화'라고 네이버에 나와 있다.

결국 웰빙이란 내가 어떤 음식을 먹든 어떤 행동을 하든 편안함을 추구하는 것이다. 편안하면 내 마음이 여유로워지고 행복해지는 순서로 가는 것이니까 말이다. 편안한 삶을 추구하는 웰빙과 행복한 죽음을 맞이하는 웰다잉 사이엔 잘 늙어가는 웰에이징이 있다. 웰에이징을 거치지 않고 우리는 웰다잉을 말할 수 없기 때문이다.

보건소 프로그램으로 시골 경로당에 프로그램을 들어가다 보면 100세가 넘으신 어르신들을 종종 만난다. 수업이 있는 날에는 유모차 한 대씩 끌고 경로당으로 모이신다. 집에서 출발하셔서 바로 경로당으로 오시는 것이 아니라, 동네를 한 바퀴 돌고 경로당으로 오신다.

미리 모여서 식사를 하시면서, 누구네 집의 담벼락이 금이 갔는지, 누구네 강아지가 잠만 잔다는 둥 동네의 모든 크고 작은 일을 꿰고 계신다. 장수 어르신들의 특징이다. 끊임없이 움직이신다. 큰 운동이 아니라 매일 동네를 돌아보고 오시던가, 집에서도 드라마를 보며 다음 장면을 추측해 본다든지, 집안일을 스스로 손빨래 및 일상생활을 반복하고 계신다. 운동뿐만이 아니라 머리를 쓰는 것이다. 경로당에 프로그램이 있으면 열심히 참여하신다.

"선생님. 오늘은 어려운 것 말고 쉬운 공부해유."

"어르신 어떤 공부 하고 싶은데요?"

"오늘은 재미난 신문지 던지기 해유."

"어르신 화나는 일들이 많으세요? 알았어요. 오늘은 신문지 수업합니다."

신문지를 한 장씩 나누어 드리고, 신문지를 반으로 찢으라고 한다. 찢는 순간 속상한 일을 생각하며 큰 소리로 욕을 하든 말을 하든 상관없으니 일단 입을 벌려 소리를 내시라고 하면서 반을 찢는다. 이번에는 생각나는 사람 아무나 이름을 부르면서 또 찢으라고 한다. 이렇게 계속 어르신들이 마음속에 있는 것을 토해 내도록 하며 찢다 보면 신문은 어느새 산산조각이 나 있다.

이번에는 화나는 모든 것들을 생각하며 똘똘 뭉치라고 한다. 물론 계속 말하면서다. 다 뭉쳐지면 앞에 있는 양동이 하나를 갖다 놓고 소리 지르며 양동이에 신문지 덩어리를 던지는 것이다. 어르신들은 화나게 한 사람을 욕하기도 하고, 보고 싶은 손자 손녀의 이름을 부르기도 한다. 양동이에 신문지 덩어리가 들어갈 때마다 내 일인 양 손뼉 치며 큰 소리로 웃는다.

장수 어르신들의 특징은 자신의 의사, 즉 희로애락(喜怒愛樂) 표현을 잘하신다. 가슴에 쌓아놓고 혼자 끙끙거리지 않으시고 그때그때 왜 그런지 화를 내기보다는 설명을 잘하신다. 그러다 보니 경로당에서도 관계가 참 좋다. 배려해 주고 이해해 주는 폭이 넓으니 잘 지내신다. 어르신 말씀이 자손들은 먹고살기 바쁘니 이웃 관계가 좋아야 내가 행복하게 살아갈 수 있다고 하신다.

결국 잘 늙는다는 건 식사를 거르지 않고 잘 먹고, 작은 움직임이라도 꾸준히 운동하며, 이웃과의 관계를 좋게 하는 것이다.

2007년 일본의 쇼지 사브로 심리학박사님이 있었다. 65세에 정년퇴직을 하고 새로운 것이 배우고 싶어 한국어를 배워 101세에 우리나라 장수학자 박상철 박사님과 한국어로 자유자재로 인터뷰를 하였다.

90세에는 새로운 것을 배우고 싶어 중국어를 배워서 100세에 창춘에서 특강을 할 정도이다. 중국어를 과외를 하거나 학원을 다닌 것도 아니다. 일본 방송에서 중국어 나오는 것을 들으며 배웠다고 한다. 100세에는 러시아어를 공부하기 시작했다고 한다. 1년에 2~3번 세계를 돌며 강의를 하였다고 한다.

쇼지 사브로 박사는 만 101세 자신을 100세 소년(100 year boy)이라고 표현했다. 나이가 100세가 넘더라도 노인이라는 부정적인 인식에 갇혀 살지만 않는다면, 스스로를 소년이라 표현하며 소년으로 사는 것이 꿈이 아니다. 백 세 소년의 삶은 노화를 억제하고 반대하고 저항하는 것이 아니다. 늙어가는 것에 순응하고 즐기고 수용하며 즐겁게 살아가는 것이다.

잘 죽는다는 건 잘 늙는다는 것이고, 잘 늙는다는 건 심신이 편안한 삶을 추구한다는 뜻이다. 어느 한순간 우리는 잘 죽을 수는 없다. 거꾸로 올라가면 결국 심신을 편안하게 하는 지금의 삶을 살아야 잘 살 수 있다. 오늘 우리는 지금의 삶을 잘 살고 있는가? 우리는 무엇을 노력하고 있는가? 스스로를 들여다본다.

04

죽음은 삶의 마지막 기회

가을비가 추적추적 내리는 작년 가을, 복지관 어르신의 소개로 한 남자 어르신이 내 사무실의 문을 열고 들어왔다. 안경을 썼고, 옷은 단정하게 입었고 지팡이를 짚고 있었다. 체크 남방 위로 보이는 꼭 다문 입술에서는 고집스러움이 보였다.

"안녕하세요? 비 오는 데 오시느라고 많이 힘드셨죠? 여기 의자에 앉으세요."

"아니요 선생님. 복지관 김 영감이 소개해서 왔어요."

"잘 오셨어요. 녹차 한 잔 드실까요?" "네."

따뜻한 차 한 잔을 앞에 놓고, 편안한 음악이 흐르는 가운데 가만히 기다려 드렸다.

"선생님. 내가 살아오면서 후회스러운 게 너무 많아요. 나이는 들고 이제 6개월의 시한부 인생인데, 끝맺음을 어떻게 해야 될지 몰라 선생님을 찾아왔어요. 복지관 수업에서 선생님이 이런 상담을 해주시는 분이라고 해서요.”

“아버님. 그런 일이 있으셨군요. 지금 마음이 어떠세요?”

“많이 혼란스러워요. 젊었을 때 바삐 사느라 식구들한테 돈은 아쉽지 않게 줬지만, 관계는 너무 소원해져서 지금은 서로 왕래도 안 하고 혼자 있어요. 내가 나왔지만 이런 상황이 될 줄은 꿈에도 몰랐어요.”

“마음이 많이 아프시겠어요. 지금 뭐가 제일 마음에 걸리세요?”

“가기 전에 식구들하고 같이 밥 먹고 여행이 가고 싶은데 너무 멀리 와 있어서 돌아갈 수가 없어요.”

“왜 돌아갈 수 없다고 생각하세요?”

“따로 떨어져 산 세월이 너무 오래돼서 서로 불편해요. 마누라도 애들도……”

어르신은 고개를 푹 숙이고 입을 꼭 다물고 사무실 바닥만 쳐다보고 있다. 무슨 생각인지 두 주먹을 불끈 쥐고 앞발을 툭툭 치고 계신다. 또 가만히 기다려 준다.

“선생님. 난 잘못한 것이라곤 열심히 산 죄밖에 없어요. 잠 안 자고 먹을 것 못 먹고 밖으로 열심히 돌아다니며 돈 벌어 아이들 유학 보내고 집에 생활비를 넉넉히 줬어요. 지금은 제가 식구들을 방임했다고 다 원망해요. 은퇴하면서 내가 나왔어요. 15년 전에.”

"아버님. 살아온 세월이 많이 억울하겠어요. 열심히 노력하고 살아온 세월의 대가가 이런 건가 하고."

"네, 너무 억울해요. 잠도 잘 수가 없어요."

"저라도 억울할 것 같아요. 모든 청춘과 시간을 바쳐서 한 인생을 그렇게 평가한다면."

한숨을 내쉰다. 고개 들어서 나와 눈을 마주친다. 갑자기 눈물이 그렁그렁하면서 가슴을 주먹으로 친다.

"선생님. 내가 6.25 때 남한으로 혈혈단신 내려와 정말 고생 많았어요. 15살 어린 나이에 떠밀려 내려오다 보니 이남까지 내려왔어요. 굶어 죽지 않으려고 참 많이 고생했어요. 맞기도 많이 맞고 굶기도 많이 굶었어요. 이북에 엄마한테 갈려고 악착같이 살았어요. 35살에 주위에서 하도 중매를 서서 결혼을 했어요. 집사람은 시골의 없는 집 처자였지요. 참 착해요. 내 집이 이북이다 보니 뭐든지 다 처갓집만 챙겨주길 원했어요. 바빠도 처갓집의 행사는 모두 참석하길 원했죠.

사업하는 사람은 그게 쉽지 않아요. 항상 긴장 상태에서 사람들을 만나야 돼요. 사람과의 관계에서 어그러지면 사업도 안 되는 것이니까요. 아이들은 커 가니 걱정이 더 됐어요. 나 아니면 우리 아이들 누가 밥 먹여 살리나 싶어서 밤낮없이 살았어요.

아이들이 대학을 졸업하고 집사람도 어느덧 혼자 있는 게 힘들다고 같이 있었음 하는데, 나는 아이들 결혼시킬 게 또 걱정이 됐어요. 아들들 집은 하나씩 해줘야 고생하지 않을 것 같아서요. 아이들을 결혼시키고 나니, 나도 한숨 돌리겠다 싶어서 이제 집사람이랑 취미 생활을 같이 해볼까 했더니 집사람은 벌써 동네 에어로빅이다, 수영이다, 붓글씨다 취미 활동을 활발히 하고 있더라고요.

괜히 나를 귀찮아하고 밖에 안 나가면 눈치 주고 밥 차려주는 걸 엄청 귀찮아했어요. 순간 나 자신이 살아온 세월이 비참했어요. 나이 70 되던 해, 그동안 여기저기 다니며 경치 좋은 시골인 OO으로 내려왔어요. 이곳에 오니 너무 좋았어요. 나에게도 쉼이라는 게 생겼어요. 복지관도 가고, 친구들도 생기고요. 저녁에 아파트에 들어가면 깜깜한 거실에 앉아있을 때면, 대로변에 다니는 자동차 소리도 쓸쓸히 들려요.

가족이 보고 싶어 어쩌다 서울 집에 가면 아무도 나랑 얼굴을 마주하지 않아요. 며느리만 시아버지 왔다고 밥 차려주고 부리나케 방으로 들어가요.

지난달 자꾸 배가 아프고 몸무게가 줄어서 병원에 갔더니 서울병원으로 가라고 소견서를 써 줬어요. 서울병원에 예약하고 가서 검사를 했더니 간암 말기라고 하네요. 나는 아무런 증상도 없었어요. 아프지도 않고 친구들이랑 복지관도 잘 다니고 평소랑 똑같이 생활했어요. 막상 암 말기라고 하니 가족들이 젤 먼저 생각났어요.

최소한 내가 죽고 나서 나에 대해서 원망하는 마음은 없었으면 하는데 어떻게 풀어야 할지 모르겠어요. 아픈 것보다 더 어려운 게 가족들과의 관계를 잘 풀고 가고 싶은 것이에요. 재산도 미리 다 줄 거예요. 저는 연명 치료 안 할 거예요."

"아버님. 가족과 잘 지내고 싶으세요? 그럼 먼저 아버님의 마음을 꾸미지도 말고 보태지도 말고, 있는 그대로 부인께 오랜만에 편지를 써 보시는 건 어떠세요? 진심은 통한다고 하잖아요?"

"편지는 써 본 지가 언제인지 생각도 안 나요. 어떻게 말을 써야 할지도 모르겠네요."

"그냥 아버님 마음을 있는 그대로 쓰세요. 그동안 정말 가정을 위해서 살아온 시간. 혼자 있으며 가족들에 대한 그리움. 그리고 아픈 것까지 마음 가는 대로 쓰면 돼요."

"선생님 숙제다 생각하고 지나온 시간을 다시 정리해 보겠습니다."

이렇게 첫 번째 상담의 숙제를 가지고 돌아갔다. 그 이후 4번의 상담이 진행되고 5번째 상담이 있는 초겨울 부인과 함께 내 사무실에 들르셨다. 이제 복수가 차서 서울 집 가까운 요양병원으로 들어가기로 했다고 하시면서 고맙다는 인사를 오셨다. 가시기 전에 부인이 나의 손을 잡는다.

"선생님. 제가 우리 집 양반이랑 50여 년 가까이 살면서 참 서운한 것이 많았어요. 집에는 무신경한 양반이라 일에 미친 사람이라고 생각했죠. 어느 날 짐을 싸서 혼자 시골 가서 산다고 집 떠나 버리고 내가 배신감에 치를 떨었어요. 다시는 보고 싶지 않았죠.

지난달 저 양반이 등기로 편지를 보내왔어요. 10장의 편지에는 날 만나던 날부터 편지 쓰는 날까지의 이야기들이 쓰여 있었어요. 저 양반도 무심하지 않은 사람이란 걸 이렇게 죽을 때 알게 되어 너무 미안하고 너무 안타까워요. 제가 이제 어떻게 해야 저 양반을 잘 보내 줄 수 있을까요?"라고 묻는다.

웰다잉 공부하길 잘했다는 생각이 든다. 심리 상담사지만 그래도 암 말기 환자를 대하는 방법을 알려줄 수 있으니 얼마나 다행인가? 마지막 병문안을 갔을 때, 나오지도 않는 목소리를 짜내면서 어르신은 나한테 말했다.

"선생님, 죽음은 내 삶의 마지막 기회였어요. 고마워요."

부인은 그 뒤로 서울에서 2주에 한 번씩 상담을 받으러 오셨고, 지난 연말 남편분을 잘 보내드렸다. 이제는 모든 것이 일상생활로 돌아가 가끔 안부를 주고받는 사이로 바뀌었지만, 돌아가신 어르신도, 가족들도 서로에게 용서와 화해의 진심을 전하고 떠났으니 참 다행이다.

살아가면서 우리는 마지막에 할 일은 유산을 남겨주고, 주위에 부담을 주지 않는 것도 중요하지만 서로에게 마음의 짐을 덜고 떠나고 보내는 것은 더욱 중요한 일일 것이다.

인생의 선배란 죽음의 앞에선 이들

3~4년 사이 나에게는 참 많은 변화들이 일어났다. 10여 년을 꾸준히 공부를 해 왔고 강사가 되었다. 나를 인정해 주고 찾아주는 곳이 늘어남에 따라 더 열심히 공부하고 더 노력해야 되는 지점이 된 것이다. 알음알음 입소문이 나서 상담과 코칭을 꾸준히 하고 있다.

엄마의 손에 이끌려 내 사무실에 발을 들여놓는 아이가 있었다. 바싹 마른 몸에 남방은 맨 위의 목 부위까지 단추를 꼭 채웠다. 까만 일자 바지를 입고 있었고, 운동화는 하얀색으로 깨끗하고 단정했다. 무엇인가 불안하게 엄마 손을 놓지 않는 아이는 금방이라도 울어버릴 듯 볼이 빵빵해졌다.

엄마는 채근하듯 아이를 자꾸 손을 잡아당긴다. 들어오는 모습에서부터 차근차근 챙겨보면서 아이에게 자꾸만 눈이 갔다. 아이 엄마는 의자에 앉자마자 나에게 하소연을 한다.

"선생님. 우리 아이가 요즘 자꾸 치료를 거부해요. 무서워요. 죽겠다고 아무것도 먹지도 않고 병원에 가자고 하면 자꾸 기절해요. 정신적 문제가 있는 게 아닐까요?"

"어머님. 아이와 이야기를 하게 잠깐만 자리를 옮겨 주실 수 있을까요? 아이와 이야기가 끝나면 제가 연락할게요."

아이의 엄마가 자리를 뜨고 기다렸다. 20분이 넘게 입을 열지 않던 아이가 눈을 들어서 내 눈과 맞추었다. 눈이 영롱하니 맑다.

"선생님. 나는 엄마가 너무 싫어요. 내가 아픈 걸 이해 못해요. 엄마의 욕심으로 나를 조종해요. 자꾸 수술을 받고 치료도 받아서 무조건 살기만 하라고 해요. 저는 너무 무서워요. 아픈 걸 견뎌야 하는 순간들이 몸서리쳐져요. 어려서부터 아픈 기억밖에 없어요."

"선생님도 아픈 거 너무 무섭고 싫은데 너도 그렇구나."

"네."

"엄마가 왜 자꾸 너에게 이렇게 마음대로 할까?"

"제가 18살 될 때까지 학교를 제대로 가본 적이 없어요. 중학교, 고등학교는 검정고시를 봤어요. 나에게 필요도 없는 걸 엄마는 자꾸만 하라고 하세요. 나는 어차피 3개월이라는 시한부이기에 죽을 것이라는 걸 알아요. 저는 제가 하고 싶은 걸 하고 싶어요. 글도 쓰고 싶고, 음악도 듣고 편하게 있다가 신이 내게 주신 목숨의 선까지만 살 거예요.

호스를 코에 꼽고 음식을 먹는 게 얼마나 괴롭고 비참한지 선생님은 모를 거예요. 아니 세상에 겪지 않은 사람은 모를 거예요. 제가 원하는 것은 정신적인 문제가 있어서가 아니라 한 인간으로서 존중받고 싶어요. 엄마는 모를 거예요.

엄마랑 좋은 감정으로 지내고 싶어요. 가족들 모두 저를 사랑해 주시는 것 알고 저도 사랑해요. 그렇기에 더욱더 밝은 모습으로 제 삶의 마지막을 마감하고 싶어요. 항상 좋은 모습과 밝은 모습만 기억하도록 해주고 싶어요."

아이의 손을 꼭 잡았다. 18살 어린아이지만, 죽음을 준비하는 아이의 모습은 어떤 인생의 선배보다도 숙연해졌다. 웰다잉을 혼자 유튜브로 공부했다는 아이는 어떤 이론보다도 자신의 삶에 적용해서 차근차근 주위를 보듬어 나가고 있었다.

"선생님을 유튜브에서 보고 굉장히 재미있다고 생각했어요. 두 손을 뻗으며 '구독 좋아요.'를 눌러달라고 할 때는 큰 소리로 웃었어요. 그리곤 죽음이 심각한 게 아니구나 하는 생각이 들었어요. 마침 엄마가 선생님께 가자고 하는데 제 모습이 다른 사람과 많이 달라서 몹시 망설여졌어요. 선생님도 저를 무조건 불쌍히 외계인처럼 볼까 봐요."

"아니야. 너 너무 멋있어. 일단 뇌가 너무 멋지다. 선생님은 너의 멋진 모습을 오늘 충분히 봤는걸……."

"선생님. 제가 정말 뇌가 멋진가요? 그런 표현 처음 들어봐요. 제가 괜찮은 사람인 거네요?"

"당연하지. 넌 잘 살았고, 지금도 너무 멋진걸. 가족들뿐만이 아니라 너를 아는 모든 사람들이 너의 진짜 모습을 본다면 다 깜짝 놀라서 반할 거야. 네가 원하는 남은 시간을 엄마께 잘 설명해 드려, 선생님도 도와줄게. 선생님이 알고 있는 모든 사람들을 통틀어 기억할 때 멋있는 사람 세 명 중의 한 명 안에 넌 분명히 들 거야."

아이의 표정은 한결 밝아졌다. 이제는 통증이 와도 덜 아플 것 같다는 말을 한다. 얼마간의 상담을 더 하고 아이의 엄마를 불렀다.

"오늘부터 자식이라고, 내 소유물이라고 생각하지 마시고, 있는 그대로 아이가 원하는 대로 해주는 방법도 생각해 주면 좋겠어요. 어려서부터 아픈 아이라 너무 생각이 어른스러워요. 깊고 넓은 생각으로 남을 가족들 걱정으로 가득해요. 이건 상담이 아니라 같이 아이 키우는 엄마로서 부탁드려요.

OO이는 자신의 짧은 삶이지만 너무 알차고 의미 있고 가치 있는 삶을 살아가고 있어요. 단 하나 너무 아픈 게 무섭다고 해요. 수술도 연명 치료도 원하지 않아서 엄마한테는 말 못 하고 노트에 써 놓았다고 하네요. 아프지 않고 가는 복을 누리고 싶은 OO이를 잘 생각해 주세요. 어머님이나 제 인생의 선배님은 삶을 다 살아본 OO일 테니까요."

내담자의 어머니는 한없이 어깨를 떨고 있다. 고개 숙인 얼굴로 물이 흘러내린다. 피보다 진한 물이…… 상담을 잘 마치고 두 모녀가 떠나가고 난 사무실 의자 한편에 한없이 앉아있다. 초연하게 살아온 18살 아이도 자기 죽음에 있어서 언제 갈지는 모르지만 고통 없이 맞이할 준비를 하고 있다. 남은 시간의 의미와 가치를 부여하는 순간들로 채울 계획도 세웠다.

우리는 흔히 살아가면서 선배란 말을 많이 한다. 학교 선배, 군대 선배, 직장 선배 기타 등등…… 선배라는 호칭을 붙이는 경우는 허다하다. 보통 선배는 같은 분야에서 지위나 나이 등 자기보다 많거나 앞선 사람을 칭한다.

나보다 앞선 사람이 선배라면 인생의 선배란 누구를 지칭하는 걸까? 고민해 봐야 한다. 많고 많은 선배 중에 인생 선배란 죽음을 앞둔 이들이다. 나이에 상관없이 죽음을 앞둔 이들이 말하는 한마디 한마디는 우리가 살아갈 때 꼭 필요한 것들이기 때문이다. 삶을 살아 본 사람만이 해줄 수 있는 우리 인생 선배들의 이야기다.

06

할아버지의 죽음 교육

화창한 봄 햇살에 마음마저 포근해진다. 한결 색깔도 밝아
지고, 얇아진 옷차림에 내 마음도 가벼워졌다. 빠른 걸음걸이
보다는 천천히 봄을 즐기는 사람들이 좋다. 나무에 나오는 연
한 초록의 새싹들에 자꾸 눈이 간다. 겨울 동안의 추위를 이
기고 버티고 나온 생명력을 가진 새싹들이 한결 가까이 다가
온다. 연못 한쪽 구석에 삐쭉 올라온 미나리도 예쁘다. 봄 풍
경을 감상하다 쉬어 갈 겸 공원의 정자에 올라갔다.

할아버지와 손자가 공원 정자에 앉아 두유를 마시며 마주
앉아서 이야기를 나눈다.
"할아버지 저 앞에 있는 보라색 꽃이 뭐야?"
"제비꽃인데."

"제비 모양도 아닌데 왜 제비꽃이야?"

"꽃잎을 자세히 보면 제비 날개처럼 생기지 않았니?"

"잘 모르겠어."

손자는 끝도 없는 질문을 하고 할아버지는 손자의 질문에 끝도 없이 대답을 해준다.

"할아버지 왜 제비꽃 중에 옆에 있는 꽃은 저렇게 엎드려 있어?"

"애기 제비꽃도 아프면 엎드려 있을 수 있는 거야."

"꽃이 왜 아파? 사람만 아픈 거 아니야?"

"애기 제비꽃도 아프기도 하고, 죽을 수도 있는 거야."

"애기가 왜 죽어? 할아버지 되면 죽는 거 아니야?"

"아니야. 아무리 어려도 아프거나 날씨가 추워도 죽을 수 있어. 무엇이든 생명이 있는 건 죽게 돼 있어. 하늘에 날아다니는 참새도 언젠가는 죽어. 고래도 한 번은 죽게 돼 있어. 아기들도 나이가 조금 밖에 안 됐어도 아파서 죽을 수 있어."

"아기는 아프면 소아과에 가서 주사 맞으면 안 아파."

"소아과에서 안 나으면 죽을 수 있는 거야. 누구나 생명이 있는 것은 죽게 되어 있거든."

"할아버지 무서워."

"무서워할 것 없어. 할아버지가 너를 지켜 줄 거니까."

"할아버지는 할아버지니까 나보다 먼저 죽을 거잖아."

"그렇지, 하지만 네가 어른이 될 동안 열심히 운동하고 건강 지켜서 널 지켜줄 거야."

"할아버지가 날 지켜주듯이, 제비꽃도 제비꽃 할아버지한테 지켜달라고 하면 좋은데."

"제비꽃 할아버지가 못 지켜줘서 제비꽃 할아버지도 속상할 거야."

"난 그래서 할아버지가 참 좋아. 세상에서 엄마 아빠 다음으로 좋아. 할아버지 제비꽃 어떡하지?"

"땅속의 영양분을 잘 먹고 햇볕도 잘 쏘이고 힘을 기르면 다시 일어설 수도 있어."

"제비꽃이 다시 살아나면 좋겠어. 내일 다시 보러 와야겠네. 죽는다는 건 너무 불쌍해."

"죽지 않고 건강하게 살려면 어떡해야 할까?"

"잘 먹고 잘 자고 할아버지 말 잘 듣고, 친구들이랑 사이좋게 놀아야 돼."

"그렇지. 저 제비꽃처럼 자기 자리에서 열심히 놀고 웃고 재밌게 지내면 돼. 지금처럼 씩씩하게 운동도 하고…… 두유 다 먹었으면 저 언덕 위로 올라가 볼까?"

"알았어. 얼른 두유 먹을게요."

"천천히 먹어도 돼. 네가 할 수 있는 만큼, 하고 싶은 만큼 하면 돼."

"할아버지 고마워. 내 할아버지라서. 난 할아버지랑 같이 있는 게 너무 좋아."

"할아버지도 우리 손자랑 같이 다니면 너무 좋아. 세상에서 제일 친한 친구거든. 할아버지 손자라서 고맙다. 천천히 올라가 볼까?"

뜻하지 않게 할아버지와 손자의 대화를 엿들었다. 할아버지가 손자에게 해주시는 지혜로움에 가슴이 먹먹하다. 제비꽃 하나로도 탄생과 생활과 죽음을 설명해 줄 수 있는 경험과 지혜를 배우는 시간이었다.

'젊은이는 자연의 선물이고, 노인은 인생의 걸작이다.'라는 말이 확실한 표현이다. 따스한 봄 햇살만큼 보기 좋은 풍경이다. 할아버지는 손자에게 살아온 이야기를 해 주고, 손자는 할아버지에게 삶과 죽음을 배운다.

정자에서 엉덩이를 털고 일어나 공원을 마저 산책하기로 일어났다. 할아버지랑 이야기를 나누던 꼬맹이를 향해 싱긋 미소를 지어 주었다. 꼬맹이도 손을 흔들어 준다.

어떤 것이든 그 자리에 항상 있다. 내가 어떻게 보고 느끼느냐에 따라 그것의 의미는 달라진다. 보는 시각에 따라 내 삶에 적용할 수 있는 범위가 달라지는 것이다. 그냥 스쳐 가는 일상도 내가 의미를 부여하면 의미가 되는 것처럼 말이다. 우리는 누구나 시한부 인생이다. 암 선고를 받고, 죽음을 앞에 놓은 사람만이 시한부가 아니다. 태어나는 순간부터 우리의 시한부 삶은 시작된다. 다만 죽음이라는 단어를 꺼릴 뿐 누구나 알고 있는 사실이다. 이제 죽음에 비추어 삶을 살아감에 무엇이 중요한지 알아야 할 시간이다. 유한한 시간을 어떻게 쓰느냐에 따라 삶의 질이 달라진다.

07

죽음은 슬픔이 아니다

초등학교도 들어가기 전 오늘처럼 비 오는 아침, OO이네 할머니의 상여가 나갔다. 온 동네 사람들이 모여 할머니의 꽃 상여에 걸음을 맞추어 가며 흐느끼며 울었다. 어린 나이에 알지도 못하면서 동네 사람들이 울고 있으니 나도 모르게 울었던 기억이 선명하다.

OO이 할머니는 동네 사람들에게 참 좋은 분이었다. 수제비 반죽을 만들어서 뭉쳐 놓고 동네 사람들을 찾으러 다니신다. 한 팔은 뒷짐을 지고, 한 팔은 앞뒤로 휘적휘적 저으며 골목 골목 다니신다. 말소리가 들리는 집이 있으면 대문을 활짝 열고 들어가 빨리 수제비 먹으러 오라고 소리 지르신다.

"임자, 얼른 우리 집에 와서 수제비 먹어. 반죽해 놨으니까 얼른 와."

"아저씨 얼른 우리 집으로 와유. 수제비 물 올려놨으니까 싸게 싸게 와유."

"애기 엄마 우리 집에 와서 수제비 한 그릇 먹고 힘내. 애기 키우는 게 얼마나 힘든데, 얼른 와."

"아줌마는 잘 못 움직이니까 내가 이따가 수제비 가져다줄 테니까 밥 먹지 말고 있어유."

온 동네를 한 바퀴 돌고 나면 수제비 반죽이 숙성이 되어 쫄깃해진다.

동네 사람들이 다 모이면 감자를 툭툭 썰어 넣고 호박도 대충 썰어 넣고 나서 부뚜막에 앉아 펄펄 끓는 솥 안으로 엄지 검지 중지를 이용해 수제비 반죽을 뚜벅뚜벅 뜯어 넣는다. 어느 정도 익으면 마당에 대파를 뜯어서 손으로 대충 후루룩 넣어서 앞이 보이지 않는 김이 한소끔 올라오면 다 익은 것이다. 마당 펌프 가의 응달에 있는 총각김치 항아리에서 큰 대접에 총각김치 한 대접 꺼내놓는다. 그 자리에 있는 모든 사람들은 냉면 그릇 하나 가득 수제비 한 그릇씩 놓아준다.

"얼른얼른 먹어요. 수제비는 뜨거워야 제맛이여."

"찬밥도 갖다 놨으니까 밥 말아 먹어요."

"총각 짠지 엊그제 했는데 맛이 덜 들어 별로지유? 그냥 얹어 먹어봐요."

옆에서 한 사람 한 사람 챙기시며 부족한 것이 뭐 있나 살펴본다. 어린 나도 그 자리에 껴서 수제비를 먹을 때는 아무 생각이 나지 않을 정도로 맛있었던 기억이 있다. 감자 호박

이외에 특별한 재료가 들어가지 않아도, 총각김치 하나만 놓고 먹어도 왜 이리 맛있었는지 생각하면 그 없던 시절에 OO이 할머니의 사랑을 먹어서 그랬던 것 같다. 큰 솥에 남은 수제비는 바가지에 담아 혼자 사는 친구들에게 나누어 주시며 껄껄껄 웃던 모습이 나에게는 큰 도장처럼 머릿속에 꽝 찍혀 있다. 가끔 수제비를 먹으러 가도 OO할머니의 수제비 맛은 나지 않는다.

OO이 할머니께 밥 한 끼 안 얻어먹은 사람은 다 공산당이라고 할 만큼 무조건 베푸시는 분이셨다.

장례식이 끝나고 동네 사람들은 이구동성으로 말했다.

"이제는 아프지도 않고 뭐든 마음대로 사람들에게 펑펑 퍼 줄 수 있는 부자 동네 하늘나라에서 살고 있을 거니까 잘 됐다."

"저승에서도 사람들한테 인기 최고일 겨. 얼마나 좋아할 겨. 저승에서도 배고픈 사람 다 밥 퍼 주고 있으실 겨."

OO이 할머니는 동네 사람들에게 죽음은 슬픈 게 아니라 죽어서도 본이 되시는 분이셨다. 이승과 저승을 동급에 놓고 볼 수 있게끔 해주신 분이시다. 어렸을 때는 동네에 초상이 나면 흔히 동네 중간 길로 상여가 수시로 지나다녔다. 죽음이 우리 생활 가운데 가까이 있기에 죽음이 많이 슬퍼서가 아니라 더 좋은 곳으로 가는 징검다리 정도의 무게였다.

중국 전국시대의 사상가 장자의 이야기는 유명하다. 장자의 아내가 세상을 떠났다. 혜자가 조문을 왔다. 장자는 가난했지만 훌륭한 현자였다. 혜자는 아내를 잃은 장자를 어떻게 위로해 줄까 고민하며 장자의 집으로 갔다. 도착해 보니 아연실색할 광경이 눈앞에 펼쳐졌다. 아내의 관 옆에서 두 다리를 쩍 벌리고 땅에 주저 앉은 채 대야를 두드리며 노래를 부르고 있는 장자의 모습을 보게 된다. 혜자는 화가 나서 따져 물었다.

　"자네의 아내는 자네와 평생을 살면서 자식을 낳아 기르고, 함께 늙어가다가 이렇게 불귀의 객이 되었네, 울어도 시원찮을 마당에 대야를 두드리며 장단에 맞추어 노래를 부르고 있다니 이 무슨 해괴망측한 짓인가?"

　"그런 것이 아니라네. 내 아내가 죽었는데 내 어찌 가슴이 아프지 않겠는가? 그러나 가만히 생각해 보면 그런 것만도 아니라네. 한 사람으로서 저 여자는 본래 생명도 형체도 심지어는 기(氣)조차 없었다네. 그 뒤 언제부터인가 무엇인지 알 수 없는 어떤 것이 점차 한 데 섞여 기가 되고 형체가 되고 생명이 되어 생겨난 것이지. 지금 이 상황은 그저 생명이 죽음으로 변한 것뿐이라네. 마치 봄, 여름, 가을, 겨울의 순환과 같다고 할까? 그녀는 마치 편히 쉬고 있는 것이나 마찬가지라네. 그런데 내가 그 옆에서 엉엉 운다는 것은 생명 변화의 이치를 몰라도 한참 모르는 짓이지. 그래서 울지 않는다네." - 장자 '망울우화' 참조

　장자는 아내가 다시 인간의 삶에서 자연의 죽음으로 원래의

자리로 돌아갔다고 생각했다.

우리는 주위의 가까운 지인이나 가족이 죽으면 슬픔을 표현한다. 슬퍼하지 않으면 피도 눈물도 없는 무지막지한 인간으로 취급받는다. 사람이 죽었는데 어떻게 저렇게 담담할 수 있느냐며 손가락질을 하기도 한다. 감정이 메말라 있는 냉혈한이 되기도 한다. 사실 장례식장에서 대성통곡하는 사람들을 보면 망자를 위한 슬픔은 흔치 않다. 대부분 망자와의 이별보다는 살아남을 자기 자신의 신세와 상황을 생각해서 우는 것이다. 망자하고의 관계에서 뭔가를 바랐을 때 그것이 이루어지지 않았을 때 내 설움에 운다. 무엇을 기대하거나 바라지 않는 삶은 불행해질 수 없다.

죽음은 어느 날 누구에게나 찾아온다. 죽음을 피해 갈 사람은 그 누구도 없다. 죽음이 찾아왔을 때 담담히 받아들이며 노래를 부를 수 없는 사람은 살아서도 노래를 부를 수 없다. 삶과 죽음은 서로 다른 게 아니다. 삶과 죽음은 하나이다. 우리가 태어나는 순간 죽음도 같이 태어나는 것이다.

우리는 삶 속에서 자라나고 동시에 죽음을 향해 나아가고 있기 때문이다. 죽음이란 삶의 절정이다. 살아온 모습 그대로 죽을 수밖에 없는 것이 우리다. OO이 할머니도 장자의 아내도, 또한 우리도 다 살아온 모습대로 죽음의 모습을 보일 수밖에 없다. 삶을 잘 산다면 죽음은 슬픔이 아니다.

08

잘 살고, 잘 준비하고,
잘 마무리하는 삶

내 책의 제목은 '행복한 죽음을 위하여 잘 죽어야 합니다.' 이다. 잘 죽는다는 것은 어느 날 갑자기 되는 것은 아니다. 과 정과 시간이 필요한 것이다. 행복한 죽음을 맞으려면, 잘 죽으 려면 우리는 먼저 전제되는 조건을 잘 준비하여야 한다. 잘 준비할 수 있는 방법은 잘 살아야 한다는 말이다. 즉 죽음은 삶이랑 일맥상통한다. 사람은 자신이 살아온 모습으로 죽기 때문이다.

우연한 기회에 장례지도사 직업을 가지신 분을 만나 식사를 한 적이 있다. 나의 직업이 웰다잉 강사라는 이야기를 듣고 선생님도 나를 만나보고 싶었다고 한다.

20대 후반에 일찌감치 시작한 사업이 승승장구하였던 선생님은 친구들을 만나면 무조건 모든 돈을 냈다. 밥을 먹으러 가면 제일 비싼 한우로 사 주고, 술집에 가면 양주를 기본으로 샀다. 주위에 친구들이 모여들었다. 항상 최고라고 엄지 척을 해 주었다. 세상에서 잘난 사람이라고 어디에서나 사람들은 선생님을 자랑스럽게 얘기해 줬다. 하루하루 세상이 온통 선생님을 위해서 존재한다고 생각했다.

어느 날 정말 똑똑한 친구이지만 풀리지 않아 생활이 어려운 친구가 다가왔다. 친구가 안쓰러웠다. 집을 얻어주고 할 일 없는 친구에게 같이 일해보자고 먼저 권했다. 친구는 열심히 일을 했다. 출근도 제일 먼저 해서 청소도 해놓고 환기도 시켜 놓고 성실한 친구였다. 한 달이 가고 두 달이 가고 시간이 가면서 친구를 믿고 사무실을 비우는 날이 많아졌다.

"친구가 와 있으니 내가 너무 좋다. 고마워."

"네가 나한테는 친구기 앞서 은인이지, 너무 고마워, 열심히 할게."

"난 친구만 믿을게. 일하다 불편한 것 있으면 언제든 얘기해. 같이 잘해보자."

"사장님 고맙습니다."

친구인 나를 깍듯하게 사장님이라는 호칭을 부르며 정말 열심이었다. 사업을 하면서도 편하다는 생각이 들었다. 사람들도 만나고 배우고 싶었던 공부도 하고 행복한 시간이 흘러갔다.

친구에게 고마운 마음이 커졌다. 언제부터인가 거래처 김 사장이 자꾸만 만나자고 한다. 바쁘니 친구를 대신 보냈다. 수시로 전화가 와서 꼭 만나자고 하는데도 귀찮은 생각이 들었다.

2년이 지난 어느 날 김 사장이 골프를 치고 있는 곳으로 직접 찾아왔다.

"김 사장, 친구를 잘 살펴봐, 분위기가 심상치 않아. 내가 이곳까지 달려왔을 땐 일의 심각성이 어느 정도인지 알았으면 해."

직원인 친구를 자세히 잘 살펴보라는 말을 남기고 홀연히 사라졌다. 순간 등골이 오싹하면서 골프채를 팽개치고 회사로 달려와 보니 회사는 벌써 거래처에서 부품대금을 받으러 장사진을 이루고 있었고 친구는 어디론가 연기처럼 사라지고 없는 상태였다.

"김 사장, 아무리 우리가 오래 거래했어도 이렇게 대금을 빌리면 어떡해, 빨리 돈 내놔."

"김 사장, 직원을 시켜서 대출까지 받아서 돈을 빌려 달라고 했으면 이자라도 꼬박꼬박 줘야지, 그동안의 신용 믿고 빌려준 건데 어떻게 이렇게 철면피야?"

"김 사장이 직원한테 어떡하든 돈만 빌려오라고 했다며? 오죽 답답하면 그랬겠나 싶어서 집사람 곗돈 탄 것까지 싹 끌어서 해줬더니 어떻게 얼굴 한 번 안 비추고 안면몰수야?"

"김 사장, 인생 그렇게 살지 마."

믿었던 친구는 회사 공금 횡령과 부품대금 횡령, 회사 이름으로 대출까지 서류 위조까지 골고루 뒤통수를 치고 계획적으로 사라졌고 선생님은 교도소로 들어갔다고 한다. 가족들은 다 뿔뿔이 헤어졌고, 이혼을 하게 되면서 철저히 혼자가 되었다. 모범수로서 출소한 선생님은 노숙 생활을 6개월 정도 하다가 이렇게 살면 안 되겠다고 생각해 장례지도사 수업을 받고 상조회사에서 장례지도사라는 직업을 가졌다. 교도소도 다녀오고, 노숙도 하면서 죽으려고 했던 선생님은 망자들을 저승으로 잘 인도해 주는 장례지도사로서 덕을 쌓고 싶었다.

처음 장례지도사로서 시체를 앞에 대했을 때는 토하고 말았다. 하필이면 교통사고 환자라서 눈 뜨고 보지 못할 정도로 처참한 망자였다. 선배 장례지도사가 하는 대로 따라서 시키는 것만 하는 것도 너무 힘들어, 집에 오는 즉시 소주 2병을 나발 불어 위장 속으로 집어넣어야 했다. 눈을 감으면 낮에 보았던 장면이 드라마 장면처럼 지나갔다. 못할 것 같아 품속에 사표를 가지고 다녔다.

사람만큼 무서운 존재가 있을까? 점차 적응을 해가면서 망자의 표정이 보이기 시작했다. 신기하게도 아무리 교통사고로 죽더라도 얼굴의 표정은 그대로 남는다. 삶이 편안하고 잘 소통하면서 살았던 사람들은 망자의 표정에서도 나타난다.

망자의 얼굴을 보면 망자가 어떻게 살아왔는지 장례지도사의 눈에 보인다. 사람들이 그 사람 참 고지식하고 외톨이였다고 하는 사람도 의외로 편안한 얼굴로 죽는 경우도 종종 있다. 사람들 눈에는 그렇게 보였겠지만, 스스로는 행복하고 넉넉하게 살았다는 증거이다. 잘 산 사람만이 편안한 표정으로 죽음을 맞이한다고 장례지도사는 이야기한다.

장례지도사분은 시체를 대할 때마다 '나는 어떤 모습으로 죽을까?' 항상 자기 죽음을 마주한다. 사람을 대하는 마음도 겸손해지고 하나라도 더 나누고 죽어야겠다는 생각을 많이 하고 있다. 나이가 들어감에 따라 잘 늙어가고 싶다고 했다. 어느 정도 경제적 자립을 하고 나니 예전에 누렸던 것들이 얼마나 큰 행복이었는지 이제야 깨닫는 어리석음이지만, 그래도 얼마나 다행인가?

사람들에게 내가 가진 조금의 능력이라도 봉사하면서 살고 싶고, 가지고 있는 것들을 나누어 주고 갈 수 있는 의미 있는 삶을 살고 싶다고 한다. 의미와 가치를 추구하는 웰에이징을 하는 것이 웰다잉의 방법이 아닐까 생각한다. 장례지도사분과 식사를 마치고, 차도 한잔하면서 나누었던 잘 산 사람만이 편안한 표정으로 죽음을 맞이한다는 말이 귓가에 아주 오래 맴돌았다.

죽음은 재수 없고 꺼려지는 것이 아니라 항상 생각하고 같이 동행해야 하는 동반자인 것이다. 죽음을 생각하는 사람들은 자신의 삶을 함부로 대하지 않는다. 타인에게 상처 주지 않으며, 격려하는 말 긍정적인 행동으로 선순환하는 삶을 살수 있다. 잘 살아야 잘 준비하고 잘 늙을 수 있으며 잘 죽을수 있는 것이다.

잘 살고, 잘 준비하고, 잘 마무리하는 삶!! 웰다잉의 가장 핵심이다.

제2장

실천하는 웰다잉

01

죽다가 살아난 딸

1966년 음력 정월 초이레. 몹시 추운 새벽 3시경 39살의 임신 7개월의 임산부는 산통을 겪고 있었다. 그 시대만 해도 늦은 나이의 노산이었다. 병원이라고는 면 소재지에 의원 하나 있는 시골 동네에서의 산통은 모든 식구들이 놀라기에 충분했다.

4남매를 낳고 다섯째로 임신한 산모는 더군다나 폐결핵을 앓고 있는 중이었다. 임신을 했어도 독한 폐결핵 약을 복용하고 있던 산모는 아직 산달이 되지 않았음에도 오는 산통에 무섭고 어안이 벙벙하였다. 갑자기 산통 중 앞이 깜깜해지면서 눈이 보이지 않고 어지러운 두통까지 덮쳐오는 공포 속에서의 산통은 죽음을 앞에 둔 사람처럼 몸의 마비를 가져왔다. 남편은 아이들을 다른 방으로 가라고 옮겨 놓고 11살 큰딸만 엄마

옆을 지켜 달라 부탁했다. 깜깜한 밤인 새벽 4시에 동네에 하나밖에 없는 의원으로 달려가 울면서 문을 두드렸다.

"지금 집사람이 산통으로 죽어가요. 살려 주세요." 아무리 울면서 절규하면서 두드려도 의사는 나오지 않고 마당의 개만 컹컹 짖었다.

"선생님, 우리 집사람이 지금 앞도 보이지 않고 죽어가요. 살려주세요. 아기도 나오려고 해요."

"이 밤중에 누군데 이렇게 시끄러워."

"선생님. 씨앗 장수 최 씨예요."

"아니 아직 달수도 안 채운 애가 왜 나온다고 난리여."

"아녀요, 집사람이 이상해유. 얼른 저랑 같이 우리 집으로 가요."

남편은 의사를 등에 업고 집으로 내달렸다. 집에 와 보니 딸은 엄마를 붙잡고 울고 있었다. 산모는 산통으로 모든 힘을 소진해 기진맥진해 있었다. 의사가 와서 보고 심각함을 느끼고 일사불란하게 분만을 도왔다. 아기는 잘 태어났고, 산모는 기절해 버렸다. 산모의 상태가 너무 심각해 있었다. 모든 식구들은 산모에게 매달려 있었다.

태어난 아기는 엄동설한에 윗목에 밀어 놓았다. 아기는 울지도 않았다. 아무도 아기를 봐 주는 사람은 없었다. 의사는 처치를 다하고 방문을 나가며 윗목에 있는 아기를 보았다.

"저 골방 쥐만 한 아이가 사람 구실을 하면 사람에 치여 죽을 거야."라고 하고 가셨다. 새벽 5시경 아기는 태어났고, 산모는 오전 반나절이 지나서야 깨어났다.

이렇게 어렵게 태어난 칠삭둥이가 바로 나, 최형숙이다. 요즘 같으면 119로 큰 병원으로 옮겼겠지만, 그 시대에는 그것도 생각하지 못하는 때였다. 산모가 깨어나고 그때야 윗목에 있는 아기가 아버지 눈에 들어왔다. 울지도 못하고 죽은 듯이 움직이지도 못하고 있는 아이.

정신이 번쩍 든 아버지는 강보에 나를 둘둘 싸 안고 동네에 있는 자그마한 한의원에 갔다. 상투를 틀고 곰방대를 두드리던 한의사는 아기를 보자마자 칠삭둥이 작은 손가락 열 개에 침을 놓았다. 갑자기 아기는 으앙 울기 시작했다. 한의사는 이제 살아났다고 했다. 태어나서 최소 10시간이 넘어서 나는 숨을 쉬었다는 이야기다. 이런 것들이 요즘 세상엔 말이 되나? 의문스럽다.

엄마는 깨어났지만 폐결핵으로 인해 일시적 시각 장애가 왔다. 앞을 볼 수 없는 상황이 된 것이다. 또한 폐결핵으로 인한 중증의 증상들이 나타났다. 나는 태어나면서부터 불청객이었는지 모른다. 엄마가 아픈 가운데 일찍 태어나 엄마를 더 아프게 했으니까……

내 나이 쉰다섯, 옛날이라면 옛날인 시대에 남아선호 사상이 남아있던 시대이니 말이다. 다행히도 우리 집은 딸이 귀한 집안이었다. 내가 태어난 것만으로 경사였다. 엄마의 건강 악화로 젖이 나오지 않아 아버지는 동네 동냥젖을 먹이러 나를 안고 다니셨다. 집에서는 쌀을 끓여 밥물을 먹었다. 엄마의 젖을 먹어보지 않은 것이다. 그 이후 엄마는 건강을 회복하였다. 우리 집은 여느 집처럼 그냥 엄마의 웃음소리가 대문 밖까지 들리는 평범한 가정이었다.

외갓집은 조치원 근처 강내면이다. 외할머니가 엄마 어렸을 때 집안 사정상 재가해 가신 외가이다. 엄마의 성은 안 씨이고, 외갓집 외삼촌의 성은 김 씨였다. 엄마랑 외삼촌 성씨가 틀려 엄마에게 왜 틀리냐고 꼬치꼬치 물었던 기억이 난다. 부모님이 장사를 하시는 관계로 나를 보살펴 줄 여력이 안 돼서 방학이 되면 늘 외갓집에 가서 놀다가 개학 전날 집에 돌아오곤 했다. 외갓집 갈 때면 엄마는 항상 왕복 차비를 넣어 주셨다. 외갓집 가서 맘에 들지 않으면 눈치 보지 말고 바로 집으로 오라고 신신당부하셨다. 우리 엄마는 확실히 자존감을 팍팍 높여주는 신여성이었던 것이다.

외할머니는 항상 나와 겸상을 하셨다. 집안의 최고 어른인 외할머니의 밥상은 항상 외삼촌과 둘만의 자리이지만, 내가 가는 순간부터 내 차지가 되었다.

"지 애미도 살리고, 저도 살고, 우리 형숙이는 복덩이여. 천하에서 젤 복덩이여."

"우리 형숙이가 세상에서 제일 장한 아기여. 얼마나 예쁜지 몰라."

나를 보는 순간부터 집에 올 때까지 입에 달고 말씀하셨다. 외갓집에 가면 기고만장이 되어 나는 곧 외갓집에서 외할머니에 버금가는 법이었다. 외갓집은 동네에서 제일 부자이고 외삼촌은 중학교 선생님이셨다. 먹고 싶은 것, 갖고 싶은 것, 용돈까지 외할머니는 뭐든지 주지 못해 안달을 하셨다. 딸에게 못 해줬던 것들을 손녀인 나를 통해서라도 보상을 해주고 싶은 마음이셨던 듯하다.

그러다 보니 외숙모만 힘들었다. 시어머니인 외할머니의 말에 무조건 순종하시던 외숙모는 세상 누구보다 현명하고 똑똑하셨던 분이다. 외할머니와 외삼촌과 나와 외사촌들 사이를 잘 중심을 잡아 지혜롭게 지낼 수 있게 해 주신 분이다. 지금 생각하면 난 참 얄밉고 못 됐다는 생각도 든다. 외숙모가 얼마나 시집살이를 하셨을까 생각하면 돌아가신 외숙모께 정말 죄송하다.

나는 어른이 되어서까지도 부모님의 사랑과 정서적 지지를 받았다. 돈으로 환산할 수 없는 무조건적인 지지 덕분에 나는 어디에서든 당당하고 자신감 있는 사람이 되었다. 아버지가 나를 살려 주시지 않았다면 내가 이 세상에 존재할까? 남아선호 사상이 지배하던 그때 딸이라고 윗목에 놓고 나 몰라라 했다면 이 세상에 없을 것이다.

그런데도 아버지 엄마는 돌아가시는 날까지 나에게 말했다.

"젖 못 먹여서 몸이 약하게 태어나게 해서 미안하다."

"칠삭둥이로 태어나게 해서 미안해."

"씩씩하게 잘 커 줘서 고맙다."

"어디서든 아버지 엄마 자랑스럽다 말해줘서 고맙다."

"어디서든 당당하게 목소리 크게 살아줘서 고맙다."

내가 자식을 키워보니 부모님의 사랑이 더욱 크게 다가온다. 그렇게 현명하게 자식을 키우는 것이 결코 쉽지 않음을 시간이 갈수록 고마움으로 감사함으로 다가온다.

'아버지, 엄마 감사합니다. 이 세상에 나온 것으로도 축복입니다. 아버지 엄마의 자식인 것은 정말 큰 복입니다. 천국에서 조차도 막내딸 위해 항상 기도해 주실 줄 알지만, 이제는 제가 더욱더 아버지 엄마처럼 살도록 노력할게요. 보고 싶습니다. 존경합니다. 사랑합니다.'

02

중환자실에 걸어 들어가신
아버지의 마지막

아버지는 오일장에서 씨앗을 파는 행상이었다. 주덕 장날이면 장터에는 새벽부터 장사치들이 좋은 자리를 차지하려 몰려들었다. 아버지는 아버지 자리에 전날 밤 짐 보따리를 가져다 놓고 오셨다. 언제부터인가 사람들은 아버지 자리에 아무도 자리를 펴지 않았다. 고정이 되어 버렸다.

씨앗 장수 최 씨 자리는 언제든지 사람들이 오면 편안히 앉아 이야기할 수 있는 장소이다. 배고프다고 하면 옆에서 파는 장터 국밥도 시켜서 먹게 해주는 분이다. 아프다고 하면 약방에서 안티푸라민을 사서 발라주고 가져가라고 주시는 분이 우리 아버지다. 감성과 소통의 달인이다.

한번은 아버지 친구 아들이 서울에서 쫄딱 망하고 고향에 왔는데 집에도 못 가고 우리 아버지한테 들렀다. 아버지를 붙잡고 엉엉 우는 친구 아들에게 그날 장사한 돈을 전부 주었다.

"집에 들어갈 때 어깨 축 늘어뜨리고 들어가지 말고 고기라도 한 근 사서 들어가."

저녁에 집에 들어온 아버지는 장사한 돈을 한 푼도 가져오지 않았다.

"여보, 창식이 아들이 사업이 망해서 왔다고 해서 창식이 서운할까 봐 고기라도 사 가라고 장사한 돈 다 줬어."

"아니 그럼, 우리는 아이들하고 뭐 먹고살라고 그렇게 사람들한테 아무 생각 없이 돈을 주면 어떡해요."

"그럼 어떡해, 사람이 정이 있지. 우리 애들은 금방 굶는 것도 아닌데 뭘."

엄마의 한숨은 오늘도 천장을 뚫고 나간다. 아버지는 돈에 대한 개념이 별로 없으신 분이다. 불쌍하면 도와줘야 되고 배고프면 밥 사줘야 되고, 남의 아픔을 내 아픔과 동일시하는 분이다.

서당 출신의 EQ만 하늘 높은 줄 모르던 아버지로 인해 엄마는 함께 사시는 54년 동안 가계부를 쓰셔야 했다. 장사란 돈이 들어올 땐 들어오고 안 들어올 땐 한없이 무일푼일 때도 많기 때문이다. 여학교를 나온 IQ가 높았던 엄마는 자신에게 없는 자상한 사랑의 아이콘 아버지를 너무 좋아하셨다. 세상 그 누구보다 엄마를 사랑하고 엄마를 존중하고 존경해 주셨던 분이다. 우리 앞에서 언제나 말했다.

"무엇이든 완벽하면 신이지, 사람이 아니야."

엄마는 아버지를 합리화시켜 주셨다. 아버지의 모든 것을 우선순위에 놓아두었던 엄마기에 우리도 아버지를 존경하면서 자랐다. 부창부수(夫唱婦隨)가 아닐 수 없었다. 아버지가 하면 엄마는 거의 다 따라주는 편이었다. 평생을 비둘기처럼 서로 의지하고 서로 배려하며 사셨던 모습은, 부자는 아니어도 화목했던 가정의 상징처럼 지금도 우리에겐 그리움의 상징이다.

아버지는 광산을 다닌 것도 아닌데 진폐증 진단을 받으셨다. 담배를 피우시기는 했어도 많이 피운 것도 아니었다. 진폐증 진단을 받고 항상 비상용 호흡기를 가지고 다녔다. 감기 정도의 기침과 호흡 곤란 정도를 하는 정도였지 심하지는 않았다. 식사도 잘하고, 약도 잘 드셨다. 엄마의 건강을 생각해 기침이 나면 마루로 나가 기침을 하고 들어오곤 했다.

1999년 4월 하순, 아버지에게 전화가 왔다.

"아가. 아버지가 기침이 많이 나고, 비상용 호흡기를 며칠 전에 다 썼는데 불안하니 병원에 같이 가 줄 수 있어?"

"아버지, 오늘 가게가 많이 바쁜데 오후 늦게 병원에 가면 안 될까? 명수도 유치원 갔다 와야 되고."

"미안한데 아가, 지금 가면 안 될까?"

"바빠 죽겠는데…… 알았어요. 지금 갈 테니 준비하고 계셔요."

충주에서 주덕 친정집에 나의 애마인 95년식 엑센트를 몰고 가면서 자꾸 짜증이 났다. 왜 하필 꼭 바쁜 날 병원에 데려가라고 하시는지, 아들인 막내 오빠한테 데려다 달라고 하면 되지, 딸인 나한테 이러나 싶어 서운한 마음마저 들었다. 친정집에 들어서니 아버지는 준비를 다하고 계시는데 호흡이 많이 거칠다. 집에 오면서 투덜거리던 마음은 어디 가고 당황스럽고 마음이 너무 바쁘다.

"이렇게 안 좋으면 어제저녁이라도 전화해서 응급실을 가자고 하지, 왜 이렇게 미련하게 있어?"

말도 안 되는 투정을 부리며 비상등을 켜고 음성 성모 병원으로 달렸다. 아버지의 숨이 점점 더 가빠지고 있다. 지금 같으면 아마 119를 불러 갔을 텐데 그때는 그냥 내가 빨리 가야만 한다고 생각했다.

집에서 시속 150km로 달려 10여 분 만에 음성 성모병원 응급실에 도착했다. 아버지는 걸어 들어갔다.

응급실로 들어가자 아버지의 코에 산소 노즐을 끼우고 의사가 달려왔다. 갑자기 분주해지기 시작하더니 보호자는 밖으로 나가 있으라고 하고 검사가 시작됐다. 아버지는 그것조차도 즐거운지 코에 산소 노즐을 끼우시고 껄껄 웃는다. 아버지의 웃음소리는 지금도 귀에 생생하다. 입원 수속을 밟고 입원실로 올라갔다. 엄마는 면사무소에 근무하는 막내 오빠에게 퇴근 후 집에 가서 아버지 입원에 필요한 것들과 엄마의 필요한 물품을 가져다 달라는 부탁을 했다.

의사는 나와 엄마에게 진료실로 오라고 했다. 노크를 하고 들어가니 의사는 엑스레이 사진을 걸어놓고 심각한 얼굴로 쳐다본다. 의사의 눈빛에 가슴이 철렁한다.

"할아버지가 지금 폐의 기능이 30%밖에 안 남았어요. 다른 사람 같으면 지금 산소 호흡기 꼽고 중환자실에 의식 불명으로 있는 사람도 많아요. 할아버지는 의식이 너무 또렷해요. 일단 일반 병실에 입원을 하되 언제가 될지 모르지만 위급하면 바로 중환자실로 내려야 하니 그렇게 알고 준비를 하시는 게 좋을 듯해요."

진료실 문을 나오자 엄마는 바로 주저앉아버린다. 닭똥 같은 눈물이 소리도 없이 흘러내린다. 엄마에게는 남편이자 아이들 아버지이자 애인이고 부모였던 사람이 아버지이기 때문이다. 엄마는 정신을 똑바로 차려야 한다고 했다. 서울의 큰 오빠네와 수원의 언니네, 천안의 둘째 오빠네 모두 연락을 했다. 아버지가 위독하니 와서 표 내지 말고 마지막 준비해야 될 것 같다.

나는 3살 된 딸 수연이를 데리고 아버지 병원에 있었다. 아버지는 9명의 손자 손녀 중에서 막내딸인 내 딸 수연이를 유

난히 예뻐하셨다. 한 손에는 산소통을 밀고 한 손은 수연이의
손을 잡고 병원 투어에 나서신다. 기저귀 궁둥이 뒤땅거리며
외할아버지 손을 잡고 좋알거리며 다니는 수연이를 병원 복도
에서 만나는 사람들에게 손녀딸이라고 자랑하기 바쁘시다.

의사들은 아버지를 보고는 움직이시면 안 된다고 잔소리를
하면서 고개를 흔들고 지나간다. 일반 상식으로 할아버지가
저 정도의 폐 기능으로 저렇게 움직이시는 게 이해가 되지 않
는다고 했다. 저녁나절 큰 오빠가 제일 먼저 달려왔다. 오빠가
병실에 들어서자마자 큰 웃음으로 반기신다.

"나 며칠 있다가 숨 차는 것만 없어지면 퇴원할 텐데 뭐 하
러 왔어? 회사 바쁠 텐데 얼른 올라가고 가을에 너희 엄마랑
올해는 단풍놀이 갈 건데, 양회 애비도 갈래? 내려와서 우리
차 태워 줄랴?"

"아버지 당연히 제가 엄마랑 같이 모시고 가을 단풍 구경
가야지요. 얼른 치료나 잘 하셔요."

"우리 큰아들이 최고다. 고마워 아들. 얼른 올라가."

병실 문을 나와 결국 큰오빠는 울고 말았다. 곧이어 오빠들
과 언니가 줄줄이 도착했다. 아버지의 해 맑은 얼굴을 대하고
나오는 우리 형제들은, 곧 나아서 가을에 엄마랑 단풍 구경
갈 생각으로 즐거워하는 아버지의 모습에 눈물을 왈칵 쏟을
수밖에 없었다.

막내 오빠와 엄마만 남고 모두 친정집으로 왔다. 아버지의

얼굴을 보면 정말 중환자 같지가 않았다. 그렇게 아버지는 입원한 지 3일째 되는 날 아침 죽 한 그릇을 다 비웠다. 아침 회진 시간에 의사는 엄마한테 따로 불러 더 이상 아버지가 일반 병실에 있으면 안 된다고 했다. 엄마는 아버지에게 말했다.

"여보 당신 검사할 게 있어서 중환자실에 가서 사진을 찍어야 한대요."

"중환자실엘 왜 가. 거기는 죽을 사람만 가는 곳이야. 난 가서 사진만 찍고 다시 올 거니까 짐 싸지 말고 그냥 놔두고 있어. 사진 찍고 올게."

"그럼요. 얼른 사진만 찍고 올라와요."

아버지는 걸어서 중환자실로 들어가셨다. 조금 있다가 중환자실에서는 아버지의 울부짖음이 들려왔다. 밖에 있던 식구들은 안절부절 난리가 났다. 중환자실은 면회시간이 정해져 있어 아무 때나 들어가 볼 수도 없다. 조금 후 식구들은 의사의 배려로 아버지를 한 사람씩 들어가 볼 수 있었다. 난 아직도 아버지의 그 모습이 잊히지 않는다.

아버지의 손과 발은 침대에 붕대로 묶여 있었고 입에는 재갈이 물려 있었다. 아버지의 혀가 말려 들어가서 어쩔 수 없는 조치였다고 했다. 재갈 탓에 아버지는 말은 못 하고 나를 쳐다보며 손발을 풀어달라고 몸부림을 치셨다. 자식들이 들어갈 때마다 몸부림치셨다. 엄마가 들어가니 몸부림치던 걸 멈추시고 엄마만 쳐다보면서 하염없이 눈물만 흘리셨다. 엄마는 아버지에게 마지막으로 머리를 쓰다듬으며 당신이 내 남편이

어서 너무 고마웠고, 이승에서 너무 감사했으니 저승에서 또 만나자고 했다.

손목과 발목에는 얼마나 힘을 썼는지 상처가 나서 피딱지가 앉았다. 눈물이 났다. 아버지의 마지막이 이럴 줄은 아무도 몰랐다. 아침 10시에 중환자실에 걸어 들어간 아버지는 저녁 6시까지 그렇게 몸부림치다가 돌아가셨다.

내가 그때 웰다잉을 배웠더라면 아버지의 마지막을 그렇게 고통스럽게 떠나보내지는 않았을 것이다. 병원에 입원할 당시 의사의 말대로 아버지는 정말 일반 사람보다 긍정적이고 낙천적인 사람이라 폐 기능에 비해 일반인들과 다르게 행동할 수 있었던 것이리라 생각된다. 죽는 그 순간까지도 원망이나 미움이 아니라 정말 자식들과 아내에게 즐거운 추억으로 갈 수 있었을 텐데 병원이라는 테두리에 중환자실로 아버지를 떠밀어 넣어 드린 것 같은 생각이 웰다잉 공부를 하며 시시때때로 든다.

조금 덜 고통스럽게, 내가 생활하던 곳에서 편안하게 보내드리지 못한 죄책감과 그리움이 섞여서 나에게 덮쳐온다. 아버지에게 해 드리지 못했던 웰다잉, 나는 더 많은 사람들에게 인생 학교 졸업식을 잘할 수 있는 방법을 알려 드리고 싶다.

가시는 길에 짐만 차지하는 후회와 미움과 원망은 내려놓고 좋은 추억들만 꽁꽁 챙겨 가시길 바라면서⋯⋯

03

3개월의 시한부 인생 어머니

아버지가 입원한 지 3일 만에 돌아가시고, 엄마의 시계는 더 이상 흘러가지 않았다. 우울하거나 슬퍼해서가 아니라 아버지와의 시간이 아쉬워 추억을 되새기고 있었다. 매번 김밥을 싸서 아버지 산소로 소풍을 갔다. 돗자리 하나 가져가서 펴고 누워 나무 사이로 하늘을 보며 아버지한테 하고 싶은 말을 하곤 했다.

"오늘은 앞집 선태 엄마가 나한테 와서 혼자 있으니 쓸쓸하지 않느냐고 경로당에 화투 치러 오라고 했어. 마음이 내키지 않아서 막내랑 같이 당신한테 왔잖아. 보고 있어요?"

"오늘은 텔레비전 보다가 최불암이 나왔는데 당신이랑 똑같이 웃어서 많이 보고 싶었어요."

"가을에 단풍 구경 같이 가기로 했는데 여기 당신한테로 와야겠어요."

옆에 누워서 가만히 눈 감고 있으면 엄마는 아버지와 한도 끝도 없이 대화를 하신다. 부부는 저렇게 옆에 없어도 감정으로 이어져 있어서 할 말이 무궁무진한가 보다.

돌아가시고 이듬해 2000년 4월 초, 큰오빠는 법무부 공무원인 관계로 출장이 잦았다. 오빠가 출장을 가고 큰올케 언니는 엄마가 혼자 적적하시니 엄마랑 있겠다고 왔다. 가까이 살아도 다들 아이들도 어리고 생업이 있다 보니 항상 엄마랑 놀아줄 수는 없다. 엄마가 소풍 가고 싶다고 할 때 김밥 싸서 같이 아버지 산소에 가줄 수 있는 것이 나에게는 최대한으로 엄마에게 해줄 수 있는 부분이라 생각했다.

큰 올케언니가 내려오고 이틀 후 전화가 왔다.

"아가씨, 어머니 기침 소리가 많이 안 좋아요. 병원에 같이 갈래요?"

"왜요? 감기 들으셨나 왜 기침 소리가 안 좋지? 오늘 바쁜데…… 내일 가면 안 될까요?"

"웬만하면 그러려고 했는데 밤새 기침을 했어요."

"알았어요. 조금 있다 출발할게요."

부지런히 집안일을 했다. 아이들 유치원 다녀오면 잘 봐 달라고 부탁하고 친정으로 향했다. 평상시처럼 엄마는 머리를 비녀로 쪽 찌고 마루에 앉아 기다린다. 큰올케 언니랑 준비를 하고 차에 올라 음성 성모병원으로 향했다. 내과 외래 복도에 앉아 기다리는 시간이 더디 간다. 엄마는 손에 있는 손수건만 자꾸 꼬고 계신다.

의사는 간호사를 통해 엄마에게 CT를 찍고 오라고 했다. 엄마는 다시 엑스레이실 앞에서 기다렸다. CT를 찍고 다시 내과 외래 진료실 앞으로 왔다. 몸무게 32kg의 엄마가 오늘따라 더 작아 보인다. 얼른 집에서 가져온 물병을 내밀었다. 4월 이라 덥지도 않은데 엄마는 식은땀을 흘리고 계셨다. 간호사의 호명에 나와 언니, 엄마는 진료실로 들어갔다. 의사는 엄마를 지그시 보더니 손을 살며시 잡는다.

"할머니, 할머니 폐에 혹이 하나 있는데 이것이 좋은 혹인지 안 좋은 혹인지 서울 큰 병원에 가서 검사 한번 다시 받아 보시라고 소견서 써 드릴게요."

"아니 혹이면 혹이지 좋은 혹이 어디 있겠어요? 혹이 생긴 건 무조건 안 좋은 혹이지."

알겠다고 하고 복도에 나왔는데, 의사 선생님이 보호자만 다시 면담을 신청하신다. 엄마를 복도에 잠시 앉아 계시라고 하고 큰 올케언니랑 둘이 다시 들어갔다.

"보호자들께는 알려 드려야 될 것 같아서요. 할머니가 저희 병원에 온 지는 꽤 됐어도 오셔서 진료도 안 보고 맨날 위장 약만 타 가시고 그래서 저도 5개월 만에 할머니 진찰했어요. 기침한다고 해서 감기는 아니고요. 폐암 말기 같아요. 길어야

3개월 정도입니다. 더군다나 할머니는 체력도 약하셔서 항암 치료를 버티실지 모르겠어요. 종양이 폐 상부에 있어 수술도 쉽지 않은 부위예요. 일단 소견서 써 드릴게요."

순간 손발이 덜덜 떨리고 앞이 깜깜한 게 아무것도 보이지 않았다. 진료실 의자에서 일어나다가 다시 주저앉아 버렸다. 큰 올케언니는 벌써 눈물 바람이다. 눈치 빠른 엄마는 금방 알 것이다. 서로 손을 잡고 의사가 준 휴지로 얼른 매무새를 고치고 웃는 얼굴로 복도에 계신 엄마한테 갔다.

"엄마, 의사 선생님이 서울 가서 세밀하게 진찰받으라고 소견서 써 주시느냐고 말씀하시네."

엄마와 같이 셋이 병원 매점에서 두유를 하나씩 사 먹고, 눈물을 꾹꾹 삼키며 집으로 돌아왔다.

큰 올케언니는 부엌에서 우느라 방에도 못 들어오고 있었다. 엄마는 아무 말도 안 하고 그냥 평상시처럼 텔레비전을 틀어놓고 앉아 계신다. 나도 그냥 멍하니 엄마 옆에 앉아있다. 저녁때가 되어 큰 올케 언니가 엄마가 좋아하시는 새콤달콤한 하루나 무침을 갓 지은 쌀밥과 함께 저녁상에 올렸다. 오랜만에 혼자가 아닌 큰며느리 막내딸과 함께 먹는 식사가 즐거운 엄마이시다. 텔레비전 코미디 프로그램에 목젖이 보일 정도로 크게 껄껄껄 웃으신다.

이튿날 오후 출장을 갔던 큰오빠는 언니의 전화를 받고 엄마 집으로 왔다. 벌써 음성 성모병원에 들러서 엄마의 CT 사진을 가지고 온 것이다. 서울에 마침 큰 병원 내과 과장으로 있다가 개인병원을 하는 사촌 오빠가 있다. 엄마를 모시고 가기엔 멀미가 심해서 걱정이기에, 언니랑 둘이 서울로 CT를 가지고 갔다.

마침 빗방울이 뒷마당의 장독대에 떨어지고 있었다. 뒷문을 열어놓고 엄마랑 아무 말도 하지 않고 빗방울 개수만 세고 있는데 문득 엄마가 묻는다.

"아가, 내가 몇 개월이나 남았다고 하디?"

순간 입술만 달싹거리고 말이 나오지 않았다. 머릿속도 하얘졌다.

"3개월."

"의사가 병명이 뭐래?"

"폐암 말기."

"나한테 말했다고 오빠 언니들한테는 말하지 마라. 너도 걱정하지 말고."

그길로 엄마는 조그만 손가방 하나 들고 휘적휘적 읍내 쪽으로 걸어 내려갔다. 산 밑 꼭대기에 살던 우리 집에서 엄마의 뒷모습이 조그만 점이 될 때까지 쳐다보고 있었다. 엄마가 보이지 않게 되자 나는 마루에 앉아 대성통곡을 했다. 아버지가 돌아가시고 아직 1년도 되지 않았기에 난 친정집에만 와도 눈물이 난다. 엄마마저 가신다고 하니 가슴에 구멍이 난 듯하다. 몇 시간 있다 돌아온 엄마를 붙잡고 난 또다시 대성통곡을 했다. 아버지가 평생을 그렇게 좋아했던 엄마의 비녀 쪽 찐 머리는 상고머리가 되어 있었다.

"엄마, 머리가 이게 뭐야. 왜 이렇게 잘랐어?"

"누구든 병간호하게 되면 머리 길면 냄새도 나고 힘들어서 안 돼. 그래서 미장원 다녀왔어."

"그럼 나랑 같이 가지 왜 청승맞게 혼자서 가."

"내가 이것저것 볼 일도 있고 해서 그랬어. 서운하게 생각하지 마."

엄마는 나에게 폐암 말기라는 이야기를 듣자마자 미장원에 들러 머리 깎고, 신용 협동조합에 들러 있는 돈 찾아 동네 경로당에 3백만 원을 주고, 동네 혼자 사는 친구들한테 2백만 원씩 나눠주고 들어오신 것이다. 돈을 찾아서 아무도 없을 때 나에게 백만 원을 준다.

"아가, 엄마가 너한테 제일 미안하다. 칠삭둥이로 태어나게 해서 미안하고, 젖 못 먹여 키워 미안하고, 대학을 못 보내줘서 미안하고, 넉넉하게 못 보태줘서 미안하다. 다른 자식들이야 제 앞길 하고 살지만, 애기는 나중에라도 모르니까 비상금으로 가지고 있어라." 하면서 만 원짜리로 백만 원을 준다. 돌아가시는 날까지 엄마는 무조건 나한테 미안한 마음을 가지고 있었던 듯하다.

"내가 재산은 못 물려줘도 너희들이 해준 건 잘 쓰다 돌려줘야 맞는 것이다."

딸이 엄마에게 은반지를 해주면 잘산다는 속설이 유행할 때 언니가 엄마에게 해준 은반지는 다시 언니한테 돌려주고, 시집올 때 은수저 가지고 온 막내 올케언니에겐 은수저를 돌려주고, 아버지 엄마 금가락지 해준 나한테는 다시 금가락지가 왔다.

서울 사촌 오빠 병원에 간 큰오빠 내외는 수심이 가득한 얼굴로 돌아왔다. 건넌방으로 우리를 불렀다.

"엄마의 암 부위가 수술도 어려운 부위라 수술은 안 되고 항암치료 해야 되는데 엄마 체력이 도저히 버티지를 못할 것 같으니 잘 생각해 보라고 하더라."

일단 간호대를 나온 큰올케 언니가 엄마의 병간호를 자처하고 나섰다. 큰오빠는 서울서 시간 되는대로 오르내리기로 하고 나머지 형제들이 드나들며 도와주기로 했다. 병원에서 몰핀성 마약 진통제를 처방받아와서 집에서 큰언니가 주사를 놓고 약을 챙겼다.

"나는 항암치료 해서 완치가 된다면 내가 치료를 받겠지만, 그것이 아니면 나는 내 명대로 살다가 너희 아버지 곁으로 갈란다. 너희도 고생, 나도 고생하는 짓은 안 할 것이다."

엄마는 그날부터 바로 투병에 들어가셨다. 54년간 기록을 하던 버릇은 투병을 하시는 순간에도 이어졌다.

"너희가 내 자식이어서 너무 고맙고, 감사했다. 너희가 내 자식이어서 나는 사는 동안 어디를 가든 당당하게 어깨 펴고 살 수 있었다. 너희를 하자 없는 사회인으로 내놓은 것만으로도 나는 내가 살면서 해야 할 일을 다 했다고 생각한다. 정말 고맙다."라는 말을 돌아가시는 순간까지 입에 달고 사셨다.

더군다나 장례식장에서 손님 대접할 음식 종류, 수의, 영정 사진, 부고 문구, 제단 장식, 삼우제 등 하나하나 다 적어 놓으셨다. 지금으로 말하면 사전장례의향서를 써 놓은 것이다.

또한 엄마 속바지 주머니에 봉투 5장을 넣어 놓을 것이니 너희 5남매가 나누어 가지라고 했다. 망자의 주머니에 있는 돈은 재수가 좋다는 미신도 같이 믿으신 엄마다. 큰올케 언니는 엄마가 너무 무섭다고 했다. 돌아가시는 날 받아 놓으신 분이 어찌 저러실 수가 있느냐고 말이다.

엄마는 그렇게 한 달을 집에서 투병하셨다. 아버지의 첫 기일을 보내고서, 통증 때문에 입원하셨다.

"너무 아프니 간호사한테 가서 안 아픈 주사 좀 놔달라고 부탁해봐."

"내가 정신이 없어지면 나한테 목에 산소 같은 것 호흡기 연결하지 마."

"아픈 것이 참 괴롭다. 그냥 명대로 얼른 너희 아버지 곁으로 갔으면 좋겠다."

"나는 객사하기 싫으니 집으로 가고 싶다."

엄마가 하는 말들이 우리에게는 야속함으로 다가왔다. 입원한 지 일주일 만에 엄마는 퇴원을 하셨다.

산소통을 방안에 들여놓고 산소공급 노즐을 코에 끼고 앰뷸런스를 타고 엄마는 집으로 돌아오셨다. 목소리도 안 나오고 물 한 모금도 넘기지 못하는 상태가 되었어도 정신만은 또렷한 엄마는 필담을 나누었다. 바쁜 와중에도 수시로 엄마에게 쫓아갔다. 언제나 그 자리에 너무 당당한 모습으로 있던 엄마가 촛불처럼 꺼져 가고 있다.

엄마는 항상 웃는다. 아버지 곁으로 가면 단풍 구경도 다니고 맛난 것도 먹으러 다니고 즐겁게 지낼 것이니 걱정하지 말라고 우리에게 필담으로 부지런히 적으신다. 죽음이 슬픔은 아니란다. 이승에서 원 없이 살았고, 너희로 인해 내 삶이 빛났으니 난 잘 살고 가는 사람이라고 수도 없이 이야기하신다. 그날도 그랬다.

갑자기 사이다가 먹고 싶다고 하시고, 살구랑 참외가 먹고 싶다고 했다. 물도 못 마시는 엄마가 자리에서 일어나 앉아 먹는 모습에 우리는 엄마의 상태가 호전된다고 생각해 너무 기뻤다. 엄마는 나한테 바쁜데 얼른 가게에 들어가 보라고 했다. 오후 3시, 난 가벼운 발걸음으로 집에 왔다. 저녁 6시, 막내 오빠는 엄마의 상태가 안 좋아 음성 성모병원 응급실로 가는 중이라고 전화를 했다. 아까도 멀쩡히 음식도 드셨는데 왜 돌아가신단 말인가?

장례식장에 오신 분들이 말씀하시길, 워낙 저승 가기 전에 배고플까 봐 잘 먹고 가는 것이란다. 엄마는 돌아가시면서 자식들이 우왕좌왕하지 않도록 당신의 연명 치료 의사도 분명히 밝혔고, 사전장례의향서(?)도 써 놓으셨고, 삼우제에 관한 것까지 깔끔하게 정리해 놓으셨다. 벌써 20년 전 웰다잉을 배우지 않으셨어도 웰다잉을 실천하신 분이 우리 엄마다.

내가 웰다잉을 공부하고 웰다잉 강의를 하러 다니면서 엄마를 참 많이 이야기하게 된다. 더욱더 존경하고 더욱더 사무치게 그립고 보고 싶다.

엄마는 인생 학교 졸업식에서 죽음이라는 과목에서 만점을 받았다. 지금 웰다잉 강사로서 큰 박수와 존경을 보내 드린다. 죽음이라는 과목은 벼락치기로 점수를 잘 받을 수 없다. 평상시 공부하고 준비한 만큼의 성적을 받을 수 있는 과목이기 때문이다.

태어나면 누구든 다녀야 하는 인생 학교, 이왕이면 좋은 성적으로 졸업하면 더욱 좋지 않을까?

04

웰다잉의 실천가

잘 죽는다는 것은 살아 있는 모든 사람들의 숙제이다. 제일 어려운 과목의 마지막 시험이다. 벼락치기로도 좋은 성적을 못 받는다. 잘 살아야 잘 죽을 수 있는 것이다. 잘 사는 것…… 그 것이 핵심이다.

작년 10월 중순, 20여 년 만에 친구한테 전화가 왔다. 친구 가 수원 사는데 꼭 놀러 왔으면 좋겠다고 했다. 일정을 보고 가겠노라고 하니 그냥 무조건 오라고 한다. 억지 부리는 친구 가 아님을 알기에 알았다고 하고 시간을 맞추어 불러준 주소 로 내비게이션을 찍고 출발했다.

오랜만에 만나는 친구를 생각하니, 학교 졸업하고 처음 직 장 생활을 할 때가 생각이 났다. 3교내로 돌아가는 비디오테이프 만드는 회사에 들어갔다. 기숙사라는 곳을 처음 갔고 그곳에서 친구를 만났다. 7남매의 맏이라 대학 가고 싶어도 동생들이 많아 돈을 벌어야 돼서 회사에 입사했다는 친구는 정말 너무 착했다. 외유내강이라 했던가? 겉은 순하지만 속은 누구보다 단단하고 야무진 친구였다.

월급을 받으면 용돈 5만 원 남겨 놓고 우체국 가서 시골집으로 모두 송금하였다. 친구들이 화장품을 사거나 군것질을 하면 멀찍이 떨어져 부러운 눈으로 쳐다보던 친구다. 항상 기숙사 방 청소를 도맡아 하고 쓰레기통을 비웠다. 누가 알아주지 않아도 한 번도 싫은 표정 하지 않고 당연히 하는 행동이다. 석 달의 회사 생활 끝에 나는 퇴사했고 그 친구는 그 회사에서 결혼하기 전까지 꽤 오래 있었다. 끈기도 대단한 친구다.

결혼식을 한다고 초대를 했다. 하루 시내버스가 5번밖에 다니지 않는 시골집이었다. 친구의 집에서 함 받는 날 같이 있었다. 시골 동네는 친구의 함진 애비 맞는 날이 벌써 잔치 분위기다. 온 동네 사람들이 다 모였다. 얼굴에 오징어를 뒤집어쓴 함진 애비를 보고 얼른 술상을 받아 온다. 신부 친구인 나에게 함진 애비 앞에 가서 춤추며 노래를 부르라고 한다. 함진 애비의 정신을 빼서 빨리 신붓집으로 끌어들이기 위한 것이다.

함진 애비는 무턱대고 버틴다. 들어오지 않으려 주저앉는다.

동네 남자 어른들이 총동원됐다. 함진 애비를 반짝 들어 올려 집으로 들였다. 문 앞에 박 바가지를 놓고 깨고 들어오게 했다. 그리곤 시루떡 앞에 함을 내려놓고 함진 애비가 절을 한다. 신부의 아버지가 함진 애비와 신랑 친구들을 극진히 대접한다. 신부인 친구는 밖을 내다보지도 못하고 궁금해 죽는다. 6명의 동생들은 언니가, 누나가 결혼으로 인해 집을 떠나는 걸 아쉬워했다. 순수해 보이는 동생들이다.

이튿날 친구는 시내버스를 타고 읍내에 있는 미용실에서 신부 화장과 드레스를 입고 마을 회관에서 결혼식을 올렸다. 착하고 야무진 친구의 결혼식에 친구는 나 한 사람이었다. 그 이후로도 연락을 하고 지내다가 20여 년 전쯤 친구가 전화번호를 바꾸며 우리는 연락이 끊겼다. 아쉽고 가끔은 너무 보고 싶었다. 친구한테 가는 길에 운전하면서 지난 시간들이 영화의 필름처럼 지나갔다. 아름다운 시간이라 생각됐다.

2시간여의 자가운전 끝에 친구의 집이 보인다. 수원에서 조금 떨어진 외곽이지만 넓은 2층집이 유럽풍 붉은 지붕으로 너무 멋있다. 잠시 멈추어 심호흡을 했다. 친구도 나처럼 통통하게 중년 아줌마가 되어 있을까? 상상을 하며 한발 한발 나아갔다.

"형숙아."

친구가 달려 나온다. 단번에 알아볼 수 있다. 서로 부둥켜안는 순간 뭐가 이상했다. 이게 뭐지? 친구는 날씬한 것이 아니라 말라도 너무 말랐다. 앙상한 가지에 붙어 있는 나뭇잎처럼 뭔지 몰라도 너무 위태로웠다. 같이 손잡고 집 안으로 들어갔다. 남편 되는 분은 어디 있느냐고 물으니 3년 전 교통사고로 급하게 떠났다고 한다. 이제는 이 넓은 집에 기숙사 안 들어간 막내딸과 둘이 지낸다고 한다. 막내딸 중매 좀 서달라는 너스레를 흰 치아가 다 보이도록 웃으며 이야기한다.

친구에게 무슨 일이 있는 것일까? 자꾸 조급증이 난다. 친구는 나에게 보이차 한 잔을 내놓으며 부탁이 있어 염치 불고하고 불렀다고 한다.

"사실은 이제 5개월의 암 말기 시한부인데, 우연히 너의 유튜브를 보고 결심하게 되었어. 혹시 내가 가더라도 형숙이 네가 일 년에 딱 세 번만 우리 아이들 좀 챙겨봐 줄래? 너라면 내가 부탁해도 믿을 만하다는 생각이 들어서 염치없이 무턱대고 부탁해서 미안해."

"무슨 말이야? 너 왜 그래?"

"너 아까 나 처음 만나서 안았을 때 알았잖아. 우리 프로들이 왜 이러시나?"

기가 막히면서도 웃음이 나왔다. 20여 년 만에 만나서 고작 첫 마디가 부탁이라니 말이다. 남편이 떠나고 나서 갑자기 너무 큰 상실감으로 힘들었을 친구가 안쓰럽고, 아파서 고통을 감내하고 있는 친구가 불쌍해서 눈물이 났다.

"울지 마. 이것도 내 삶의 일부인 걸 뭐. 나는 지금이 참 행복해. 통증이 오면 이 또한 지나가리라 하고 참고 있으면 또 괜찮아져. 고마워, 먼 길 달려와 줘서."

아무리 초연한 사람이라 할지라도 어찌 이리 죽음 앞에 무덤덤할 수 있을까? 자신의 존재에 대한 초연함은 어디서 오는 것일까? 친구를 보며 의문을 던져 본다.

"너도 소문으로 알다시피 내가 인생 드라마가 거창하잖니. 늦둥이로 아이들을 나아서 이제 대학생, 대학원생이라 말이야. 착하기는 하지만 아이들은 풍랑을 만나고 있는 거잖아. 더군다나 아빠 엄마가 모두 없어지게 생겼으니 말이야.

다행히 아이들 자립할 때까지는 경제적인 것은 다 해 났는데 정서적인 면에서 내가 너무 아쉽다. 그래도 이제껏 잘 커줬고, 건강하게 자라줬으니 고맙지."

내 앞에 유언장. 사전장례의향서. 사전의료의향서 사진 복사본. 버킷리스트 체크본, 영정사진……

쪽 늘어놓는다. 정말 철저히 준비를 해 놨다. 그냥 소풍 끝나고 남편에게 가는 길이 슬프지만은 않다고 한다. 가지고 있던 모든 것들은 망자의 것은 기분 나쁘다고 살아생전 나누어 준다고 여기저기 주었단다. 큰 집에 아이들 것 빼고 친구의 짐은 별로 없다. 참 담백한 친구다.

아이들과 함께 추억과 죽음에 대해 자연스럽게 자주 이야기한다고 한다. 아이들도 한 과정으로 받아들이고 걱정하지 말

고 편히 가셔서 아빠한테 안부 전해 달라고 말했다고 하니 대
단한 모자지간이다. 친구랑 앞마당을 산책하는데 친구는 뭐든
지 다 감탄사다.

"하늘이 너무 예쁘지?"

"나무들이 이제 슬슬 단풍 맞을 준비하나 보다. 쟤네들도
겨울 살아나야지."

"어쩜 이렇게 작은 풀들도 자리를 제대로 잡고 산다니?"

그날 마당에 내내 울려 퍼지던 추가열의 소풍 같은 인생을
따라 흥얼거리던 친구의 모습이 잔상으로 아주 오래 남았다.
친구는 5개월을 못 채우고, 크리스마스이브에 조용히 집에서
나와 아이들과 친척들이 지켜보는 가운데 눈을 감았다. 평안한
얼굴로 갔다. 거친 들숨 후에 날숨을 내쉬지 못했을 뿐이다.

경찰이 왔고, 병원으로 옮겨져 사망진단서를 받은 후 장례
식장으로 옮겨져 2일장을 치렀다. 친구의 사전장례의향서에는
아이들이 힘들 것을 생각해 2일장을 해달라고 적혀 있었다.
삼우제는 치르지 말고, 납골당에 와서 아이들과 내가 기도만
해주고 가라고 쓰여 있었다. 아이들은 엄마와 평상시 이야기
를 많이 나누어서 그런지 의연하게 잘 치렀다. 때때로 슬픔이
몰려와 엎드려 펑펑 울기도 했지만 잘 버텨주고 있었다.

보통 우리는 죽음으로 인한 상실은 사람에 따라 다르겠지만
3년의 애도 기간이 필요하다고 한다. 아이들은 3년여의 시간
을 잘 인내할 것이다. 지금도 친구의 아이들은 어려운 문제나

모르는 게 있으면 24시간 개방된 나의 핸드폰으로 연락한다. 또 다른 귀한 인연을 맺은 것이다.

친구의 죽음을 보며 웰다잉의 교과서를 보는 듯했다. 어쩜 저리 의연하고 초연하게 죽음을 삶의 일부로 받아들이며 남아 있는 사람들을 위한 배려를 하는 모습을 보며 잘 살아낸 사람이 죽음도 잘 죽는다는 진리를 다시 깨닫는다.

죽음을 많이 이야기한 사람이, 죽음을 가까이 둔 사람이 더 행복하게 열심히 잘 산다는 말은 죽음은 곧 삶이기 때문이다. 웰다잉은 잘 사는 것이다.

05

죽음은 준비하는 것

나는 정신건강복지센터 생명존중 강사이기도 하다. 겉으로
다 평온한 사람들 같지만, 마음이 아픈 사람들이 너무 많다.
특히 청소년들은 사춘기라는 회오리 속에 있을 때 더욱 심하
다. 작년 우연한 기회에 집단상담 리더로 참여하게 되었던 적
이 있다. 아이는 참 공부를 잘했다. 특히 시를 잘 쓰는 아이였
다. 예술종합학교 창작과를 가고 싶어 하던 아이였다. 내 개인
연락처를 달라고 했고 기꺼이 아무 부담 없이 번호를 줬다. 얼
마 후 하늘이 새파란 겨울날 아이의 엄마로부터 연락이 왔다.

"혹시 최형숙 선생님 맞으시나요?"

"네, 제가 최형숙인데 누구시죠?"

"저는 OO이 엄마인데 잠깐 시간 되실까요?"

"네, 그럼요. 말씀하세요."

"선생님, 지금 OO이가 병원 응급실에 와 있어요. 음독을 해서 위세척을 하고 지금 정신이 돌아왔는데 선생님을 찾고 있어요."

"네? 어느 병원인데요?"

"OO 병원입니다. 죄송하지만 혹시 와 주실 수 있나요?"

"그럼요. 제가 1시간 이내로 가겠습니다. 혹시 응급실에서 이동하면 문자로 알려 주세요."

하던 일을 멈추고 심호흡을 했다. 생각을 정리했다. 흔히 있는 일은 아니지만, 직업상 가끔 나에게 이런 전화가 올 때도 있기 때문이다.

아이를 다시 기억했다. 아이가 집단 상담했을 때 어떤 모습이었는지, 어떤 말을 했는지, 어떤 행동을 했는지 머릿속으로 차근차근 다시 되짚으며 운전해서 병원 응급실로 갔다. 병원 응급실에 가서 두리번거리고 있자 OO이 어머님이 내 앞으로 다가온다.

"혹시 최. 형. 숙. 선생님 되세요?" 하며 나의 손을 끌고 아이가 있는 침대로 간다. 아이는 위세척과 갑작스러운 응급실 상황에 놀라 지금은 수액을 맞으며 안정을 취하고 있었다. 나를 보고 눈이 마주치자 눈을 꼭 감아버린다.

"OO아. 눈을 떠 볼까? 많이 힘드니?" 고개를 끄덕인다. 어머니께 자리 좀 비켜달라고 부탁했다.

"OO아. 네가 농약을 마셨다는데 정말로 죽고 싶어서 마신 거니?"

"네, 살고 싶지 않아서요."

"언제부터 이런 방법을 생각하고 죽고 싶다고 생각했니?"

"선생님과 집단상담할 때도 말하고 싶었는데 소문날까 봐 못했어요. 오늘 선생님 여기 오신 것 아무한테도 말하지 말아 주세요."

"그럼, 상담사는 내담자의 이야기를 함부로 발설하지 않아. 정말로 죽고 싶었니?"

"사실은 많이 힘들었어요. 아무한테도 말할 수 없어 괴로웠고요. 선생님께 전화번호 받고 몇 번이나 전화하려고 했는데 용기가 나지 않았어요."

"그럼 정말로 죽고 싶지는 않은 거니? 퇴원하면 선생님에게 상담받으러 올래? 아무한테도 소문 안 나게 조용히 말이야."

"엄마랑 상의해 볼게요."

퇴원 후 아이는 정말로 내 사무실로 혼자 찾아왔고, 상담을 받으며 자신이 얼마나 소중한 존재인지 알아가고 있다. 죽음은 강압적으로 내가 끊는다고 되는 것이 아니라 공부하며 맞이해야 된다는 걸 아이도 알아가는 중이다. 아이에게 책 속에 너의 사례를 써도 되느냐고 하니 흔쾌히 허락한다. 이 정도로 자존감이 올라가는 중이다.

경로당에 웰다잉 강의를 가서 "어르신 죽음 강의하러 왔어요." 하면 "재수 없게 무슨 죽는 강의까지 하고 그래요." 하면서 나가 버린다. 요즘은 "어르신 잘 사는 강의하러 왔어요."

하면 "선생님 어떡하면 사는 그날까지 잘 살까요?" 하신다. 어르신들께서 느끼는 죽음과 삶의 차이를 극명하게 보여주는 사례이다.

잘 사는 강의 즉 잘 죽는 강의를 하다 보면 질문을 하신다.

"때 되면 어련히 죽지 뭘 공부까지 해야 돼요? 아프지나 말고 죽으면 되지……."

"어르신 아프지 말고 죽을 자신 있으세요? 이왕이면 덜 아프고, 덜 후회스럽고, 자손들 덜 힘들게 하면 떠나는 어르신도 떠나보내는 자손들도 웃으며 헤어질 수 있잖아요."

"하긴 그래요. 요즘 내가 많이 생각해요. 윤달에 수의를 만들어 놓으면 오래 산다고 해서 수의는 장만해 놨어요. 예전에 영정사진 찍으러 가자고 했다가 딸내미한테 얼마나 잔소리를 들었는지 몰라요. 아직 엄마랑 아버지 정정하신데 왜 불경스럽게 영정사진을 찍자고 하냐면서 화를 얼마나 내던지 내가 되레 미안했지요."

"나는 그래서 혹시 몰라 예전 사진 꺼내서 사진관에 갖다 주고 영정사진 만들어 달라고 했어."

어르신들은 당신들의 이야기를 각자 늘어놓으신다. 뒷자리에 앉아있던 김 할아버지가 조심스레 이야기를 꺼내신다. 평소에 조용히 맨 뒤에 앉아 말없이 수업만 듣고 가시던 김 할아버지의 이야기에 초 집중이다.

"나는 오늘 잘 사는 법, 잘 죽는 법에 대해 공부하면서 너무 좋았어요. 집사람이 고생고생하다 암 말기 판정을 받고 나도 아이들도 우왕좌왕 살려보겠다는 일념뿐이었어요. 이 병원 저 병원 엄청 끌고 다녔지요. 집사람의 의사와 상관없이, 집사람이 힘든 건 안중에도 없었어요. 그저 집사람을 살려야겠다는 생각뿐이었죠. 그렇게 4개월의 시간이 흐르는 동안 수술과 항암치료. 신약 치료 등 할 수 있는 건 뭐든지 다 했어요.

결국 집사람은 더 안 좋아졌고 우리는 호스피스 병동으로 보내달라는 집사람을 온 가족이 매달려 반대하고 설득했어요. 그래도 집사람의 고집을 이길 수 없어 호스피스 병원으로 옮겼죠. 호스피스 병원에 입원하고 3주 되었을 때 집사람은 훨훨 날아갔어요."

한숨 돌리고 김 할아버지는 다시 이야기를 이어갔다.

"집사람이 그러더군요. 병원에서 암 말기 진단받고 지금 있는 호스피스 병원에서의 생활이 젤 행복하다고요. 수술도 항암치료도 너무 힘들어서 괴로웠다고. 살아오는 70 평생의 통증보다 4개월의 통증과 아픔으로 인한 고통이 너무 컸다고. 호스피스 병동에서 해주는 진통제 처방과 편안하게 가족들이랑 보내는 이 마지막 시간을 잘 보낼 수 있어 감사하다고 했어요.

그때는 집사람이 원망스러웠어요. 우리는 집사람을 살리려고 그런 건데 호스피스 병원에서의 시간이 젤 감사하다는 말이 이해가 되지 않았어요. 집사람은 떠나기 3일 전 화장대 서랍에 있는 서류 봉투를 가져다 달라고 했어요. 온 식구가 모였고 아내는 그 안에 든 것들을 꺼내서 우리에게 보여줬죠.

사전의료의향서, 사전장례의향서, 유언장 등이 있었어요. 아이들이 엄마를 붙잡고 울었어요. 집사람은 이야기했죠. 혹시 몰라서 나는 죽음 교육을 받고 죽음 준비를 한 것이라고 했어요."

눈시울을 붉히고 숨을 한껏 들이쉰 김 할아버지는 마지막 말을 이어갔다.

"3일 후 집사람은 떠났고, 아내가 써놓은 장례의향서대로 당황하지 않고 잘 치를 수 있었어요. 선생님의 이 수업이 죽음을 강의하는 재수 없는 수업이 아니라 죽음을 준비할 수 있는 좋은 기회라고 생각합니다." 말을 마치자마자 우레와 같은 박수가 쏟아졌다.

죽음은 당사자의 의견이 제일 중요하다. 사전의료의향서가 꼭 필요한 이유이다. 연명 의료 치료를 받을 건지 안 받을 건지는 환자 자신이 판단해서 결정하는 것이 젤 중요하다. 환자의 의사를 무시한 임종 과정을 보낸다면 환자도 가족도 죄책감이란 굴레로 인해 편안해지지 않기 때문이다. 김 할아버지의 아내처럼 스스로 준비해 놓은 만큼 가족과 마지막 인사를 편안하게 나눌 수 있는 것이다. 웃으며 저승으로 떠나보내는 가족들이 있어 떠나가는 이도 행복하기 때문이다.

세상 모든 사람들이 죽음에 대해 아는 세 가지, 언제, 어디서, 어떻게 죽을지 모른다. 알면서도 우리 모두 자신이 99살 12월쯤 죽을 것이라고 착각하면서 산다. 뜻대로 생각대로 되지 않는 것이 죽음이다.

　나이가 젊으나 늙으나, 남녀노소 상관없이 잘 죽기 위해서는 죽음은 준비하는 것이다. 죽음은 나에게 맞게 연구하는 것이다. 죽음은 스스로 준비해야 되는 것이다.

06

아직도 살아 있는 이유

우리의 삶에 시간이 남아있다는 것은 인생이고, 우리의 삶에 시간이 남아있지 않다면 일생이다. 인생과 일생 사이에는 시간이 있다. 우리에게 시간이 남아있다는 것은 우리가 아직 할 일이 남아있다는 것이다.

오늘은 눈발이 날렸다. 춘삼월임에도 날씨가 자꾸 착각을 한다. 꽃샘추위로 인해 겨울에 입었던 오리털 파카를 꺼내 목까지 단추를 꼭 잠갔다. 장갑을 안 낀 손이 자꾸 주머니 속으로 파고든다. 우연히 시장에 만두 사러 갔다가 예전 경로당에서 마주쳤던 할머니 한 분을 만났다. 반가운 마음에 손을 잡고 인사를 하니 금방 알아본다.

"에고 배꼽 빠지게 웃기는 선생님 아니신가?"

"네 어르신. 시장 보러 오셨어요?"

"그럼요, 시장 봐서 얼른 밥 해주러 가야 해요. 오늘은 얼큰한 김치만두를 사서 갈까 봐요."

"시장 만두 진짜 맛있지요. 어르신도 만두 좋아하세요? 근데 어디로 밥을 해주러 가시게요?"

"선생님, 내가 죽을 때가 한참 지났잖아. 그래도 이렇게 사는 건 아마도 불쌍한 김 씨 손발이 되어주라고 아직도 내가 살아 있는 것 같구먼요."

"어머니가 밥을 해주는 사람이 있어요? 어머니 혼자 아니셨어요?"

"그렇지. 내가 혼자 살았지. 그런데 옆집에 김 씨가 이사를 왔어요. 몸을 잘 못 움직여. 형이 오지 않는 날은 그냥 굶고 있었어. 그래서 내가 밥을 갔다가 줬더니 너무 고마워하는 거야. 나도 혼자 밥 먹으면 밥맛이 없어. 그래서 같이 먹게 되었어. 김 씨가 엄청 똑똑해. 나한테 나오는 기초생활수급 지원금이랑 노령 연금 등 꼼꼼히 잘 챙겨줘. 난 김 씨 밥을 챙겨줘야 해서 빨리 죽으면 안 돼. 내가 이렇게 나이가 많아도 살아야 될 이유가 있으니까 이렇게 사는 거라고 나는 생각해."

할머니의 얼굴엔 자부심을 겸한 미소가 가득하다. 팔을 앞뒤로 휘적휘적 걸어가시는 발걸음에서 나이는 속도의 차이지 마음의 차이가 아니라는 것을 느꼈다. 김 씨를 보살펴야 한다는 의무감이 할머니로 하여금 건강하게 잘 살아야 한다는 책임감으로 바뀌며 더욱 활기차게 생활하는 원동력이 된 것이다.

머리가 복잡할 때는 가는 곳이 있다. 충주에 있는 중앙탑이다. 호수를 따라 걷는 산책로도 있고 커피숍도 있다. 중앙탑 주차장에 차를 세워 놓고 커피숍으로 걸어 들어갔다.

넓은 커피숍 홀에는 두 테이블에만 손님이 있고 한가했다. 아메리카노 한 잔을 주문하고 주문 벨을 받아 들고 남한강이 보이는 창가에 앉았다. 밖에 보이는 호수는 잔잔하다. 내 마음도 잔잔한 물결이 일렁이면 좋겠다. 상념에 잡혀 있을 때 주문 벨이 울린다. 일어나 커피를 받으러 가는 길에 한 테이블에서 나를 부른다.

"선생님. 안녕하세요?"

"아 네, 안녕하세요?"

"선생님 만나 뵙고 싶었는데 이렇게 우연히 만났네요. 잠깐 이야기 좀 나눌 수 있을까요?"

2년 전 우울증이 심해 소개로 상담을 받던 내담자다. 항상 불만이 가득해서 세상의 모든 것이 못마땅한 내담자였다. 세상은 자신을 괴롭히기 위해서 존재한다고 생각했다. 상담을 오면 사무실 문을 열고 들어오면서부터 무엇이 눈에 거슬리는지를 살피면서 들어왔다.

"선생님. 오늘도 한 시간 상담해야 돼요? 엄마가 가라고 하니까 왔지만, 내가 어린애도 아닌데 왜 정신병자처럼 상담을 받아야 되지요?"

"상담받기 싫으세요? 그럼 안 받으셔도 돼요."

"그럼 엄마한테 혼나요."

"혼나기 싫어서 상담하는 거면 엄마랑 다시 상의해 보세요."

"싫어요. 어차피 엄마는 내 얘기 안 들어줄 건데요 뭐."

"어떻게 하고 싶으세요? 오늘은 하고 싶은 대로 한 번 해보세요."

말없이 고개 숙이고 있다. 고개를 든다. 눈물이 얼굴에 얼룩져 있다.

"선생님. 제가 사람답게 살 수 있을까요?"

"살면 되죠, 뭐가 문제죠?"

"어떻게 살면 사람답게 살 수 있을까요?"

"어떻게 살고 싶으세요? 살고 싶은 대로 살면 돼요."

"답답한데 방법 좀 가르쳐 주세요."

"무엇을 할 때 제일 즐겁나요? 제일 신나고 행복한가요?"

"그런 거 별로 없어요."

"그럼 제가 요양원에 봉사를 다니는데 같이 한 번만 가보실래요? 그곳에 가면 젊은 사람이 오는 것만으로도 반갑고 고마워하시는 분들이 있으세요. 주머니에서 사탕도 아무도 모르게 은근슬쩍 손에 쥐여 주기도 하고 늙지도 말고 아프지도 말고 다음 주에 꼭 오라고 문밖까지 따라 나와서 배웅하는 분도 계세요. 어르신들 본다고 생각하고 저랑 한번 동행해 보실까요? 인생 선배 만나러 간다고 생각하고 가보자고요."

"괜히 노인네들 지저분하게 손잡고 그러면 어떡해요?"

"싫으면 말고요."

"아니요. 가볼게요. 선생님이 그냥 가자고 하지는 않을 테니

가볼게요."

그 주 토요일 요양원에 봉사하러 갔다. 처음 가본 요양원 어르신들은 훤칠한 청년이 왔다고 난리가 났다. 그날 이후 그 내담자는 매주 3개월 정도 가면서 시니어 쪽 공부를 더 하고 싶다고 했다. 열심히 공부하고 있다는 소리만 바람결에 듣고 있었는데 정말 우연히 만난 것이다. 만날 사람은 어떻게든 만나게 되어 있는 것 같다.

"요즘은 어떻게 지내고 계세요?"

"선생님. 저 요즘 엄청 바빠요. 학점 은행제 공부를 해서 지금은 사회복지사 자격증을 땄고요. 다음 달이면 결혼도 해요. 큰아버지가 하는 요양원에 사회복지사로 들어가기로 했어요. 그때 선생님과 갔던 요양원 봉사에서 제가 어르신들을 좋아한다는 걸 알았어요. 사회복지사 공부하면서도 꾸준히 큰아버지 요양원에서 계속 봉사했어요. 저의 천직을 발견한 것 같아요. 항상 쓸모없고 형편없어 보이던 제가 어르신들과 손잡고 이야기하고 노래하면서 너무 즐겁다는 걸 찾아주신 분이 선생님이세요. 고맙다는 인사와 청첩장을 드리러 찾아뵈려고 했어요."

행복해 보이는 모습을 쳐다보는 나의 마음도 아메리카노 커피처럼 구수해진다. 참 고맙다는 생각에 덥석 손을 잡고 힘차게 흔들어 줬다.

"이렇게 잘 하는 사람인 줄 알았어요. 지금의 모습이 자신의 참모습이에요. 너무 잘 됐어요."

"저는 이제 한 가정의 가장으로 어르신들과 같이 평생을 보낼 겁니다. 제가 정말 형편없는 사람이 아니었다는 걸 알게 해주셔서 감사합니다. 선생님이 제가 죽고 싶은 것은 제 잘못이 아니라는 한마디에 용기를 낼 수 있었어요. 잘 살겠습니다."

너무 다행이고 감사하다. 불평불만으로 가득했던 한 사람이 이제는 살아가야 하는 이유가 분명한 의미를 지닌 사람이 되었다. 우리는 살아가면서 의미와 가치를 찾을 때 우리가 살아있는 이유가 되는 것이다.

07

존엄한 죽음을 선택하는 방법

이 세상에서 생명이 있는 건 언젠가는 죽는다. 단지 기간이 다른 것이다. 우리는 불사조의 삶이라 굳게 믿고 살아간다. 죽음이라는 단어조차 기피하도록 하는 사고방식이다. 죽음은 우리가 생각하는 것만큼 멀리 있지 않다. 죽음은 우리의 삶 사이사이에 항상 있다. 단지 생각하지 않고 있을 뿐이다.

개울물이 졸졸 흐르는 이른 봄, 친구 경순이 아버지의 부고를 들었다. 장례식장으로 헐레벌떡 들어가 보니 분위기가 너무 싸 하다. '아니 분위기가 왜 이래?' 들어서서 조문을 하고 자리를 잡고 앉았다.

친구들이 올 때까지 혼자 기다리며 육개장 상차림을 앞에 놓고 앉았다. 꽈리고추 볶음, 김치, 도라지무침, 과일, 돼지 수

육, 새우젓, 밥, 육개장을 쳐다보고만 있었다. 옆에 앉았던 조문객들의 대화에서 어떤 분노를 느꼈다. 아니 남의 장례시장에 와서 왜 저렇게 화가 나 있지?

"아니 아버지가 돌아가시려고 하면 얼른 앰뷸런스를 불러서 병원으로 가야지 어쩌자고 집에서 고통스럽게 집에다 그냥 놔두느냐고, 독하기도 하지."

"글쎄 말이야. 돌아가시는 걸 그냥 보고 있었다는 거야."

"죽어가는 걸 보고 있다는 게 엄청 무서웠을 것도 같아."

사람들의 이야기를 가만히 들어보니 경순이 아버지는 병원에서가 아니라 집에서 돌아가셨다는 것이다. 사람들은 흔히 집에 있다가도 환자가 숨넘어가려 할 때 무의식적으로 119라도 불러서 병원으로 이송하는 게 우리의 일반적 생각이다.

어떻게 경순이 아버지는 집에서 돌아가셨을까? 의문이 들었다. 동네 사람들이 욕을 하는 건 마지막 순간에 병원으로 이송하지 않고 집에서 돌아가시게 만들었다는 내용이니 말이다. 조금 있다 친구들이 왔다. 친구들과 합석을 하고 음식을 먹기 시작했다. 그때 오지랖이 태평양인 친구 하나가 옆에서 조금 전 다른 조문객들이 한 것처럼 흥분을 하기 시작한다.

"경순이 쟤는 지네 아버지가 자식 하나라고 혼자 얼마나 고생해서 부족함 없이 키웠는데, 병원에도 모시지 않고 집에서 마지막을 보냈다니? 독한 년이다."

"유학까지 보내 주고 했는데 어떻게 저렇게 지 아버지를 집에서 숨 꼴딱 넘어갈 때까지 지키고 있었다니?"

"아니야, 너희들이 모르는 뭔가가 있지 않겠어? 2년을 24시간 붙어 병간호하는 거 쉽지 않잖아. 마지막 제일 힘든 시기 두 달을 집에서 혼자 간병하는 게 얼마나 힘들겠어?"

"야, 아무리 힘들어도 죽기 전에는 힘들었을 터인데 병원으로 이송했어야지."

"내가 생각하기엔 장례식장 와서 경순이를 이렇게 이야기하는 건 아닌 거 같아. 나중에 만나서 밥 먹으며 궁금한 건 그때 물어보자. 오늘은 경순이 아버지 잘 보내드리고, 상주인 경순이는 얼마나 힘들고 버겁겠냐? 위로해 주고 가자."

왈가불가했던 말들을 잠재웠다. 친구들이랑 경순이 아버지의 조문을 마치고 집에 돌아오는 길, 충주댐으로 차를 돌렸다. 충주호를 바라다보며 엄마를 생각했다.

엄마도 폐암 말기 투병을 하시다가 객사하기 싫다고 일주일 입원 후 퇴원을 희망하셨다. 엄마의 뜻에 따라 의사 선생님의 조언에 따라 산소통을 구비하고 앰뷸런스를 타고 집으로 오셨다.

목소리가 나오지 않으니 집에 오셔서는 주로 필담으로 대화를 하셨다. 주로 내 자식이어서 고맙다는 말을 많이 하셨다. 아끼는 물건은 지금 경로당에 가져다주라는 말도 많이 하셨다.

엄마가 하고 싶은 말도 필담으로 하니 느려서 그렇지 대화가 가능했다. 마지막 집에 와 계셨을 때 동네 친구분들도 엄마의 문병을 오셨다. 코에 산소 노즐을 끼고, 머리는 상고머리를 하고, 엄마 친구들은 말을 하고, 엄마는 필담으로 대화를 하시는 방식이었다. 문제는 없었다. 엄마는 그렇게 집에 와서 계시는 동안 동네 친구분들도 다 만나셨다. 마지막 8일을 너무 알차게 보내셨다. 평소에 말씀하신 대로 어떠한 연명 치료도 하지 않으시고 명대로 사신 것이다.

마지막에 엄마의 숨이 넘어가기 직전 크게 들이쉬는 숨에 너무 놀라 막내 오빠는 앰뷸런스를 불러 음성 성모병원 응급실로 갔다. 도착했을 때 엄마는 돌아가셨기에 사망진단서만 받고 바로 충주 의료원 장례식장으로 모실 수 있었다.

경순이 아버지 장례식장에서 느낀 건 '우리 엄마도 마지막에 그냥 집에서 보내 드렸으면 좋았을걸……

객사하기 싫어서 입원해 있다가 집으로 오신 건데.'라는 생각으로 엄마에게 너무 미안했다. 충주호를 바라다보며 그 밤 오래도록 엄마를 기억하고 추억하다 돌아왔다.

한 달여쯤 지났을 때 경순이는 나에게 같이 점심을 먹자고 연락이 왔다. 외곽에 있는 채식 뷔페 집에서 만났다. 6천 원에 거하게 계란 프라이는 본인이 해서 무한 리필로 채소를 먹을 수 있는 곳이다. 경순이는 생각보다 건강하고 밝아 보였다. 보고 있는 나도 덩달아 기분이 좋아진다. 아버지를 보내고 마음도 훨씬 편해졌다고 했다. 비빔밥을 앞에 놓고 단도직입적으로 물었다.

"왜 아버지 마지막에 병원으로 안 모셨어? 나도 엄마 때 보니까 당황해서라도 구급차 부르게 되던데 말이야."

"사람들이 그래서 장례식장에서 내 욕 많이 한 거 나도 알아. 욕이 무서워서 아버지를 힘들게 하고 싶지 않았어. 사람들은 자기 일이 아니면 워낙 너그러워지는 경향이 있잖아."

"그렇긴 하지, 그래도 넌 참 대단하다."

"아니, 난 대단하지 않아. 평상시에 아버지랑 죽음 이야기를 참 많이 나누었어. 내가 결혼을 한 것도 아니고 친인척이 많은 것도 아니잖아. 결혼이라는 제도에 나도 아버지도 얽매이지 않고 살아서 혼자라는 게 무섭지는 않았어. 아버지 병간호 때문에 하던 사업 다 정리하고 아버지 곁으로 왔을 때 그동안 아버지랑 못 했던 거 후회 없는 시간을 보내는 게 목표였어. 아버지도 고통 없이 가시는 게 목표였고."

"쉽지 않은 결정했었구나."

"그렇지, 마지막에 호스피스 병원을 갈까도 생각했지만 내가 간호사 자격증이 있으니 병원에서 처방받아 내가 주사 놓으면 되니까 엄마랑 사시던 집이 훨씬 더 안정감 있겠다 싶어서 집에 계셨던 거야. 정 아프면 응급실을 서너 번 다녀오긴 했어. 아버지가 마지막에 내가 힘들어해도 절대 병원으로 이송하지 말라고 부탁을 항상 하셨어. 병원에 가면 고통스럽게 살려 놓을 거라고."

병원이라는 곳은 사람을 살리는 곳이니 당연히 갈비뼈가 으스러지도록 심폐소생술을 해서라도 살려 놓을 것을 아버지는 알고 계셨던 것이다. 고통스럽게 산소 호흡기 하고 연명하는 것보다는 명대로 가시는 자연사를 택하신 것이다. 지혜로운 분이라는 생각에 존경심이 든다.

경순이 또한 대단하다. 아무리 평상시에 대화를 했어도 죽음이라는 임종의 순간에 닥치면 마지막이라는 절박감에 판단이 흐려졌을 것인데 말이다. 평상시의 사고 훈련이 얼마나 중요한가를 배운다. 죽음은 항상, 언제나, 늘 이야기해야 되는 것임을⋯⋯

존엄한 죽음을 선택하는 방법은 늘 죽음을 생각하는 것이다. 죽음을 늘 생각하는 사람의 삶은 긍정적이고 희망적이다. 죽음 또한 편안한 자기 생각대로 죽을 수 있기 때문이다.

제3장

웰다잉을 하기 전에

01

오래 사는 것이 행복할까

중학생들에게 부모님이 몇 살까지 살았으면 좋겠냐는 질문을 했다. 아이들의 대답은 65세까지 살았으면 좋겠다는 대답이 제일 많았다. 2~30대 청년들에게 부모님이 몇 살까지 살았으면 좋겠냐는 질문을 했더니, 75세까지 살았으면 좋겠다는 대답이 제일 많았다. 4~50대 사람들에게 자신이 몇 살까지 살았으면 좋겠냐고 질문을 했더니 85세라고 했다. 왜 이렇게 나이 숫자가 다를까?

중학생에게 65세는 엄청 긴 시간의 거리를 느끼기 때문이다. 20대도 75세가 너무 먼 시간이기에 그렇게 대답했을 것이다. 4~50대가 생각하는 85세는 자신이 혼자 자립으로 생활할 수 있는 나이라서 85세라고 대답했다고 한다. 우리가 살아갈 때 제일 중요한 건 일상생활을 할 수 있느냐의 문제이다. 아침에 일어나서 옷 입고 밥 먹고 화장실 가고 걷고 하는 일상 생활이 된다면 우리는 그때까지 생활할 수 있다는 자신감이 생기는 것이다. 온전한 자신으로 살아갈 수 있는 한계 나이가 85세라고 생각하기 때문이다.

일본 작가 마쓰바라 준코가 쓴 <장수 지옥>이란 책이 있다. 일본 전 지역을 다니며 노인들을 취재한 책이다. 정말 연명 치료를 하면서 고통스럽게 죽어가는 노인들의 모습을 생생하게 써 놓았다.

일본은 오래 살고 싶지 않은 사람들이 급증한다고 한다. 젊을수록 죽고 싶은 나잇대도 젊다. 일본인은 '행복한가요?'라는 질문에 사람들은 '아니요'라는 대답이 많았다.

결론은 '일본인이 행복하지 않다고 느끼는 이유는 노인이 고독하기 때문이다.' 어쩌면 고령자가 행복해 보이지 않기 때문에 오래 살고 싶은 사람이 점점 줄어들고 있는지도 모르겠다. 그 모습이 미래의 나의 모습이기 때문이다.

<장수 지옥>이란 책을 보면서 내가 어떤 죽음을 어떻게 준비하고 어떻게 마련할 건지를 지금부터 고민해야 되는 시기라는 다짐을 하게 된다.

지난겨울 7군데의 시골 경로당에 수업을 다녔다. 동네마다 경로당 분위기도 참 많이 다르다. 어느 경로당은 율동과 노래

를 좋아하고, 어느 경로당은 보드게임을 좋아하고, 어느 경로당은 워크북 수업을 좋아하신다. 남한강이 흐르는 강 안쪽의 아주 조용한 동네 복탄 경로당 어르신들은 단결력이 대단하다. 밥도 꼭 모여서 같이 해 먹는다. 수업이 있는 날은 경로당 회원 참석률은 100%에 가깝다.

"선생님. 우리 마을엔 아픈 사람이 별로 없어요. 다들 바쁘기 때문이에요. 새벽에 밭에 나가 일하고 낮에 낮잠 한숨 자고 경로당 와서 점심 먹고 오후에 공부하고 저녁 먹고 집에 가서 연속극 보면 졸려서 자야 돼요."

"아니 겨울에 추운데 밭에 가서 일할 게 뭐가 있어요?"

"시래기 말려 놓은 것도 손질해서 식당에 팔아야 되고요. 밭에 만들어 놓은 비닐하우스가 보물 창고예요."

"추운데 밖에 나가셨다가 감기 드시면 어쩌시려고요? 집이랑 경로당만 왔다 갔다 하셔요."

"에이, 그래도 사람이 돈벌이가 있어야 신나지요. 이렇게 돈 벌어서 경로당에서 맛난 것도 만들어 먹고 동네에 불쌍한 사람 있으면 도와주고 우리 할머니들이 얼마나 큰일을 하는데요?"

어깨를 쫙 펴시고 눈빛에는 자부심이 대단하시다. 장수란 말은 오래 산다고 장수가 아니다. 어르신들이 삶에 의미를 찾을 때 비로소 장수란 표현을 쓰는 것이다.

"수업 시작하겠습니다. 오늘은 탁구공 게임을 시작해 보겠습니다. 두 편으로 나누어야 되는데 어떻게 나눌까요?"

"선생님, 여기 이 성님은 다리가 아프니까 잘하는 이장댁하고 한편 먹으라고 해요."

"어르신들이 알아서 편 가르시면 됩니다."

서로 배려하면서 편을 짠다. 허리가 아프거나 다리가 아픈 분들은 좀 젊고 활동성이 있는 분들과 한편을 만들어 주는 센스까지 발휘하신다. 역시 매일 한솥밥을 먹고 사시는 분들이라 배려가 남다르다.

"자 이제 같은 편끼리 손잡고 파이팅 한번 할게요."

"우리 동네 복탄으로 소리 질러요."

마을회관에 있는 경로당이 쩌렁쩌렁 떠나간다. 승부욕에 눈이 반짝인다. 먼저 국자로 탁구공을 주면은 다음 사람이 다음 사람으로 연이어 주면서 맨 끝에 있는 사람은 계란 판에 차곡차곡 넣으면 된다. 일명 '계란 팔아요' 게임이다.

"져도 되니까 천천히 햐. 괜찮아. 알겠지?"

복탄 경로당에서 수업하면서 제일 많이 듣는 말은 '괜찮아, 괜찮아?'이다. 말끝을 올리고 내리고의 차이지만, 마을 어르신들은 서로에게 '괜찮아'라는 말을 제일 많이 하신다. 그 말속에 배려와 믿음과 존중이 다 들어가 있는 말이다.

수업이 끝나고 수업 도구를 정리할 때면 얼른 옆에 오셔서 도와주시는 영순 어르신이다. 양쪽 무릎에 인공관절 수술을 해서 잘 못 걸어서 엉덩이로 다니시지만 제일 정이 많은 분이시다.

"선생님, 우리랑 공부하느냐고 힘들었으니까 딸기 먹고 가요."

"선생님, 오늘 공부한 것 손녀 오면 같이 해봐야겠어요. 아주 재밌어요."

"선생님, 우리 딸이 선생님 너무 좋아해요, 우리 딸 회사에도 가서 공부시켜줬다면서요?"

어르신들은 강의라는 말을 잘 표현하시지 않고 선생님이 하는 건 무조건 공부라고 표현하신다. 맛있는 딸기와 마구설기 떡을 앞에 놓고 이야기꽃으로 먹는다. 복탄 마을의 어르신들은 혼자 사시는 분들이 많다. 그래도 일상생활을 이웃들과 같이하기에 가능하고 자식들도 또 본인의 부모한테만 잘하는 것이 아니라 온 동네 어르신들을 자신의 부모에게 하듯이 깍듯이 모신다고 한다. 어른들이 본이 되는 동네이다. 이런 것이 사람 사는 정이고 잘 사는 삶이지 않을까?

인도네시아의 '음바 고토'라는 사람이 있었다. 1870년생인 음바고토 씨는 만 146세의 생일을 지나고 나서, 우리나라 나이 147세인 2017년에 사망했다. 기자들이 음바 고토 씨에게 이렇게 오래 장수할 수 있었던 이유를 묻자 '인내'라고 대답했다. 참는 것, 그리고 '나를 사랑해 주고 나를 보살펴주는 이들이 있어 이렇게 오래 살 수 있었다.'라는 말을 했다.

4명의 부인과 3명의 자식을 먼저 보낸 음바 고토 씨는 마지막에는 '죽고 싶다'라는 말을 수시로 했다. 추억을 공유하고, 말이 통할 수 있는 친구들이 다 떠났다. 혼자 외로운 섬처럼

있었을 마음을 생각하면 '죽고 싶다'라는 말이 얼마나 절실할
지 느껴진다.

우리는 얼마나 오래 사느냐가 중요한 게 아니라, 지금 내가
어떻게 살고 있고, 어떻게 삶을 완성할 것인가가 중요하다. 매
일매일 죽음을 생각하고 고민하는 것이야말로 삶을 잘 살아
보려고 최대한 노력하는 사람이다. 사람은 살아온 모습대로
죽음을 맞이하기 때문이다.

02

수명은 늘어가기만 하고

우리 엄마는 예순한 살, 환갑을 동네 예식장에서 잔치를 했다. 엄마는 꼭두새벽에 목욕탕에 가서 목욕도 하고 왔다. 생전처음 미장원에서 머리를 올리고 화장을 하러 갔다.

"난 이런 거 처음 해 봐요. 알아서 잘 해줘 봐요."

"아줌마 오늘은 새색시예요. 아주 예쁘게 해 드릴게요."

"에고~ 민망하기도 하고 몸 둘 바를 모르겠네."

"잠시 눈 붙이고 계세요."

엄마는 결혼 전에 서울 명동 선교사 사무실에서 근무하셨던 신여성이었다. 아버지와 결혼을 하면서 엄마는 아버지가 좋아한다는 이유로 머리를 길러 은비녀를 꼽고 다녔다. 혼자서 매일 동그란 거울을 앞에 놓고 머리 손질을 하던 엄마가 오늘은 미용실에서 호사를 누리고 있다.

뒤에 의자에 앉아서 엄마를 보고 계시는 아버지의 눈빛에 설레는 마음이 그대로 발사되고 있다. 그 모습을 보는 우리도 자꾸 웃음이 나온다. 엄마의 단장이 끝나고 일어나서 우리 식구를 향해 뒤로 돌아보았다. 누구라고 할 것 없이 물개 박수가 쏟아졌다. 너무 예뻤다. 우리 엄마도 너무 아름다운 사람이었다.

엄마의 환갑은 고생만 하고 산 아내를 존경하는 마음으로 아버지가 열어 주신 잔치였다. 친인척들과 동네 사람들, 지인들이 모여 성대하게 치러졌다. 이렇게 잘 살아왔고, 앞으로 건강하게 살기를 기원하는 환갑잔치를 당연히 열었던 때가 불과 30여 년 전이다. 멀지 않은 과거에는 당연히 누구나 환갑잔치를 열었다. 지금은 환갑잔치를 하는 사람이 흔치 않다. 더군다나 칠순도 여행이나 가족 식사 등 개인 일정으로 대신하는 경우가 허다하다.

경로당을 가도 75세 이하는 아이 취급을 받는다. 어리다는 것이다. 경로당 궂은일을 하고 밥을 하고 행정적인 일을 처리하는 행동대의 나이인 것이다. 경로당에서 어른 취급을 받으려면 최소한 85살은 넘고 90살이 되어야 하는 시대가 왔다. 경로당에서 흔히 하는 농담 중 재수 없으면 120살까지 살아야 된다고 하며 서로 웃곤 한다. 장수가 좋은 의미만은 아니다.

어디를 가든 60대는 언니, 오빠라고 부른다. 외모도 노인이 아니라 젊은 사람들보다 더 개성 있다. 의료 발달과 핸드폰의

보급이 젊은 노인들을 만들어간다. 노인 복지관 등 복지시설이 늘어남에 따라 스스로 관계를 맺어가려는 인식개선도 영향이 있다. 우리나라가 고령화 사회로 가면서 일어나는 현상이다.

국민 세 사람당 한 명은 암에 걸린다. 우리나라 사망률 1위가 암이다. 건강검진으로 인한 암 진단율도 높아졌다는 어느 칼럼을 본 적이 있다. 또한 식생활도 많이 변했다. 외식도 늘어났다. 편리함이 있는 대신 경제와 건강에는 좋은 영향을 미치지 않는다. 동전의 앞뒤 면이 있듯이 모든 환경이 발전되고 수명이 늘면서 더 힘들어지는 면도 늘어났다.

아는 지인분 중 한량 같은 아저씨가 있다. 예전에 고위 공무원으로 사셨던 아저씨다. 알음알음 아는 사람은 모두 아는 아저씨의 못된 행실이 있었다. 바로 두 집 살림을 한 것이다. 더군다나 거리도 멀지 않은 곳에 살림을 차리고 살았다. 아이도 낳았다. 나이 차이가 나는 배다른 두 아이는 같은 학교를 다녔다.

조강지처인 아줌마는 항상 얼굴이 우울했다. 반면에 아저씨랑 사는 아줌마는 항상 화장을 뽀얗게 하고

다녔다. 동네 사람들은 다 손가락질했다.

아저씨는 정년퇴직을 하고도 조강지처의 집으로 돌아오지 않았다. 그러던 어느 날 뒷산에 올라갔다가 뇌출혈로 쓰러졌다. 응급차로 이송돼 뇌수술을 했지만 식물인간이 되었다. 인

공호흡기를 꼽고 중환자실로 들어갔다. 아저씨랑 살던 아줌마는 아들도 어느 정도 자리를 잡았으니 더 이상 아저씨에게 아쉬울 게 없다고 떠나 버렸다. 조강지처 아줌마랑 아들은 중환자실에 있는 아저씨를 3년째 연명 치료 중이다.

남들이 보기에는 조강지처가 최고다, 조강지처밖에 없다고 했지만, 아줌마는 나한테 속을 털어놓으셨다.

"사람들은 내가 효부인 것처럼 말을 하지, 그러거나 말거나 난 신경 안 쓸 거야. 내가 19살에 시집와서 남편이 28살에 집 나가고 나 혼자 이날 이때까지 아들 키우며 시부모 병수발하고 농사짓고 살았어. 그 집에서 우리 아들보다 5살 어린 아이를 낳았지. 내 가슴에서는 피가 흘렀어. 아들 하나만 잘 키우면 된다고 생각하면서 이 악물고 살았어.

이제 아들도 결혼해서 자리를 잡았고, 나는 배우고 싶은 공부 하면서 재밌게 살고 있는데, 어느 날 병이 들어 남편이란 작자가 내 앞으로 다시 온 거야. 너무 밉고 싫었지. 예쁘고 아까운 청춘은 곪아서 다 지나갔는데, 이제 병들어서 오니까. 그래도 남편이니 받아들여야지. 숨이 붙어 있는 날까지는 나가서 산 만큼 내 옆에서도 그만큼은 살아야지 않겠어? 어쩌면 애증일지도 모르지만, 그래도 죽기 전에 나한테 주어진 마지막 사랑이라고 생각하고 감사하면서 보살펴 줘야지. 아들은 아버지 보내 주자고 하는데 나는 지난 세월이 억울해서 조금 더 같이 있고 싶어."

연명 치료의 단면을 보는 것 같은 답답함과 지어미로서의
애잔함이 밀려왔다.

병원은 무조건 사람을 살리는 곳이다. 집에 있다가도 숨넘
어가려고 하면 병원으로 응급차 타고 간다. 갈비뼈가 부러지
도록 심폐소생술로 살려서 연명 치료에 들어간다. 몇 달에서
몇 년이고, 산 것도 죽은 것도 아닌 상태로 무기한 있는 것이
다. 예전처럼 자연사가 점점 힘들어지는 것이다. 점점 수명은
길어질 수밖에 없다.

조선 시대의 평균수명은 46세였다. 2011년 평균수명은 81
세였다. 약 700여 년의 사이 평균수명은 35살 정도 늘었다.
앞으로 약 10여 년이 지난 2030년에는 90세로 예상된다고 한
다. 2011~2030년, 20여 년 사이에 평균수명은 10살 정도 높
아진다. 얼마나 가파른 상승세인가?
수명이 늘어만 가는 것이 좋은 게 아니라 늘어난 만큼 삶의
질을 높이는 것도 중요하다. 경제, 건강, 외로움을 어떻게 잘
극복하고 노년을 행복하게 마무리할 것인가도 생각하고 고민
해 봐야 한다. 경제는 내가 돈이 있다면 노후 생활이 끝날 때
까지 잘 지켜야 한다. 돈이 없다면 무료로 할 수 있는 건강검
진을 비롯한 복지 혜택 정보를 잘 검색해 봐야 한다. 건강은
작은 운동이라도 꾸준히 매일 반복하는 것이 중요하다. 작은
운동들이 근육으로 이어져 낙상 예방, 무기력 탈출 등 건강에

많은 도움을 줄 것이다.

외로움은 혼자 잘 있는 연습도 필요하다. 혼자 잘 있고, 사람들과 있을 때는 조화롭게 어울리는 친밀감도 중요하다. 혼자 있는 것과 관계 맺은 것의 조화로움이 노년의 외로움을 감소시켜줄 것이다. 이런 것들은 하루아침에 되는 것이 아니라 매일 조금씩 연습하고 훈련할 때 이루어지는 것들이다.

03

홀로 삶을 마감하는 사람들

혼자 사는 사람이 생활공간에서 갑작스레 사망하여 발견되지 못하는 경우를 우리는 고독사라고 한다. 외로울 고(孤), 홀로 독(獨), 죽을 사(死). 결국 홀로 외롭게 죽는 죽음이다. 홀로 삶을 마감하는 고독사의 사람들은 갈수록 늘어난다.

스무 살 시절 사회에서 만난 친구가 있다. 친구의 친구라서 만나게 된 녀석은 참 쾌활하고 밝은 사람이었다. 키도 큰 미남인 녀석은 여자들에게도 인기 만점이었다. 어디를 가도 기타를 항상 장착하고 다녔다. 분위기를 어디서든 주도하는 인기 최고인 친구다. 대학을 다닐 때는 운동권에서 열심히 활동하여서 부모님의 속도 어지간히 썩이던 친구다.

이 녀석이 정신 차리고 중소기업에 취업을 하고, 27살 때 회사 후배랑 결혼을 하였다. 친구들이 몰려가 이 녀석의 새로운 출발을 격하게 축하해 주었다. 신부 대기실에 가니, 언니를 입에 달고 따라다니던 애꾸덩어리 예쁜 신부가 수줍은 듯이 어깨 뽕이 잔뜩 들어간 드레스에 화사한 부케를 들고 수줍은 듯 우리를 맞는다. 신부는 평생 제일 예쁜 날이 맞다. 어쩜 저리 예쁠까?

신랑 입장에 친구 녀석은 양팔을 앞뒤로 힘차게 흔들며 씩씩하게 입장한다. 주례 앞에 서서 꾸벅 90도로 인사를 한다. 참 성격도 좋다. 뒤이어 신부 입장이 시작되었다. 아버지의 손을 잡고 사뿐사뿐 입장한다. 아름답다는 감탄이 절로 나온다. 신랑에게 신부를 넘겨주고 돌아서는 신부 아버지의 눈에서 반짝이는 것은 딸을 보내는 아버지의 마음이다.

예식 순서를 다 마치고, 마지막 순서인 하객에게 인사를 하는데 친구 녀석이 얼마나 크게 "잘 살겠습니다."라고 큰 복창을 하는지 하객들은 모두 박장대소를 했다. 힘찬 새 출발을 위해 행진을 할 때 친구들은 사서 가지고 간 폭죽을 여기저기서 터트리며 축제의 장이 되었다.

기념사진을 찍을 때는 친구들이 너무 많아 두 번에 나누어 찍어야 했다. 친구 녀석은 이렇게 축복 속에 결혼을 했다. 아들딸 낳고 행복을 얼굴에 덕지덕지 묻히고 사는 팔불출 녀석에 친구들은 부러움 반, 질투 반으로 놀리기도 했다.

중소기업이지만 안정적인 직장이었고, 승진도 쭉쭉 잘 뻗어

갔다. IMF에도 끄떡 없이 잘 버틴 친구였다. 가장으로서 사회인으로서 안정적인 삶을 살았다. 아들이 초등학교에 들어가서 문제가 생겼다. 따돌림을 당한 것이다. 아이는 5학년 때 몇 번의 자살시도를 했다. 친구 부부는 아들과 딸을 유학 보내기로 하고 친구는 기러기 아빠를 자청하였다. 집을 팔아 조그만 빌라로 옮기고, 집을 매매한 돈으로 유학을 간 미국에 집을 얻어주었다. 아이들과 아내의 거처를 마련해 준 것이다.

친구는 한 달에 700만 원의 돈을 보내야 했다. 월급으로는 충당이 안 되어서 결국 아르바이트를 시작했다. 기타 치고 놀기 좋아하고 사람 좋아하던 친구는 얼굴조차 보기 힘들었다. 평일에 퇴근하고 회사 야간 경비를 서고, 아침이면 출근하는 평일을 반복했다. 주말에는 하루에 3개의 아르바이트를 했다. 친구 녀석을 보기 위해서는 아르바이트하는 곳으로 김밥이라도 사서 찾아가 잠깐 얼굴을 봐야 할 정도였다.

친구 녀석이 너무 바쁘니 어느 순간부터 우리도 녀석을 찾지 않게 되었다. 도리어 녀석을 찾아가는 게 민폐처럼 느껴져 미안함만 남으니 더욱더 그랬다. 그렇게 친구들과도 멀어지고 기계처럼 일만 하는 사람이 되어갔다. 아이들도 어느 정도 크고 대학을 들어갈 때쯤 친구의 회사가 부도가 났다. 친구는 이제 막노동까지 하며 아이들의 학비를 보냈다. 어느 날 전화가 왔다.

"혹시 OOO 씨 아세요?"

"네, 제 친군데요. 무슨 일이시죠?"

"지금 응급실 이송해서 왔는데 환자분 주머니 수첩에 이 전화번호가 있어서요. 수술 들어가야 돼서요."

"어느 병원이죠? 제가 바로 갈게요."

나는 다른 친구들한테 연락을 하고 먼저 병원 응급실로 달려갔다. 친구는 얼굴이 퉁퉁 부은 모습으로 온몸이 피투성이가 되어 있었다. 공사장에서 떨어졌단다. 친구들이 달려오고, 십시일반으로 모은 돈으로 병원비와 간병인을 고용했다. 다행히 수술을 일찍 하는 바람에 3개월의 시간을 걸쳐 일상생활로 돌아왔다. 예전처럼 아르바이트를 2~3개씩 할 수 없는 몸이 되었지만, 건강을 찾은 것만으로 다행이었다.

이상한 것은 병원 생활 내내 부인과 아이들이 보이지 않았다. 녀석은 입을 꼭 다물고 말하지 않았고 우리도 굳이 묻지 않았다. 퇴원 후 밥을 먹는 자리에서 녀석이 굵은 눈물방울 뚝뚝 떨구며 말한다.

"나 실직 후 미국에 생활비를 제때 못 부쳐줘서 이혼했어. 돈 줄 여력이 안 되니 아버지도 남편도 아니라고 하더라. 나 자신이 너무 불쌍해서 이렇게는 죽을 것 같아서 내가 먼저 이혼하자고 했어. 아이들 유학 가고 한 번도 본 적이 없어. 내가 미국 간다고 하면 그 돈을 생활비로 부쳐달라고 하고, 아이들 방학 때 나오라고 하면 돈 없어 못 나온다고 하고, 결국 돈이었어.

다행히 와이프는 거기 생활에 적응해서 이제는 미국이 더 편한데. 부모님이 물려주신 재산 다 미국 보내고 나는 너희들한테 이렇게 신세 지고 살고 있다. 미안하고 고마워, 내가 꼭 신세 갚을게."

그 뒤로 지인의 소개로 회사 경비로 들어간 녀석은 결국 사고 후유증으로 일을 그만두고, 은둔생활을 하기 시작했다. 더 이상 친구들에게 염치가 없어 연락을 아예 끊어 버린 것이다. 우리도 사는 게 바빠 녀석을 차츰 잊어갔다. 하루하루를 살아낸다는 게 보통 어려운 일은 아니지 않는가?

1년여가 지난 어느 날 우리는 뉴스에서만 보던 일을 당했다. 친구가 고독사를 했다는 것이다. 한 달여 만에 발견된 녀석의 몸에서는 구더기가 기어 다니고 집은 온통 소주병만 있었다. 아연실색한 우리는 부리나케 친구의 장례식을 이틀 만에 치르고, 자책감에 괴로워했다.

'좀 더 자주 들여다볼걸.'

'녀석과 연락하고 지낼걸.'

'안부 좀 묻고 지낼걸.'

'우리 밖에 없었을 텐데 얼마나 외로웠을까?'

갖가지 죄책감으로 우리는 지금도 잘 만나지 않게 되었다. 시간이 지나 자책감의 색깔이 옅어지면 그때는 만나 녀석의 욕을 실컷 하며 녀석을 편하게 보내 줄 수 있을 것 같다.

2016년 우리나라 1인 가구는 527만 명(27.8%)으로 네 집당 한 집은 1인 가구인 것이다. 이렇게 1인 가구의 증가와 경기침체로 인해 고독사는 점점 연령에 구분 없이 나타나고 있다. 갈수록 늘어나는 50대의 고독사, 쓸쓸한 생의 마지막을 생활고와 질병까지 겹쳐 외로움에 더 서럽게 된다. 실직 등 사회적 문제와 맞물린 40~50대 중년 남성의 고독사들이 점점 늘어나는 추세이다. 취업실패, 일상생활 능력이 안 되는 취약계층으로 전락하는 20~30대의 고독사도 점점 늘어나는 추세이다. 사회 전반적인 문제가 되어가는 것이다.

개인이 자기가 잘 견딜 수 있는 내적 자원과 주변에서 도와줄 수 있는 외적 자원이 얼마만큼 있느냐에 따라 혼자 살아가는 사람들의 고독사에 대한 불안감은 낮아질 것이다. 홀로 삶을 마감하는 사람들은 특별한 사람이 아닌 너무도 평범한 우리 자신일 수도 있기 때문이다.

겉으로 보이지 않았던 마음의 병, 우리 안에 보이지 않는 섬 고독사, 매일 세 가지의 질문을 해 보자.

1. 여러분은 하루에 몇 명의 사람들과 안부를 주고받습니까?
2. 자신이 갑자기 없어졌을 때 걱정해 주는 사람이 몇 명 있습니까?
3. 긴급 상황 시 바로 연락해서 의지할 수 있는 사람이 있습니까? 없습니까?

잘 살고, 잘 준비하고, 잘 마무리하는 웰다잉 방법의 하나이다.

04

끝없는 막막한 삶 속에서

오늘은 유난히 봄을 재촉하는 빗방울 소리가 크게 들린다. 앞산도 뿌옇게 보이고 하늘도 한껏 내려앉았다.

아스팔트 위에 빗방울은 자동차가 지나갈 때마다 피아노를 연주하듯 튀어 오른다. 막걸리 한 잔 앞에 놓고 빈대떡도 먹고 싶다. 삶을 살아간다는 건 수많은 산을 넘고 냇물을 건너고 강을 건너는 여정이다. 가는 길에 봄에는 꽃을 보고 여름에는 장마를 만나, 가지고 있는 것을 물에 둥둥 떠내려 보내기도 한다.

2017년 여름, 혼자서 매일 롤러코스터를 타는 기분으로 살았다. 매일 공부를 했다. 장거리의 배움으로 서울로 일주일에 한두 차례 다녔다. 같은 팀원들과 똘똘 뭉쳐서 다녔다. 재밌었다. 돈도 많이 들어갔다. 피곤도 했다. 어느새 집에서 하는 카센터는 뒷전이 되었다.

"언제까지 배워야 끝나는 거야?" 대장이 물었다.

"배우는데 어디까지가 어디 있어. 배워봐야 알지."

"가게는 어떻게 할 거야? 나는 컴퓨터 아무것도 모르는데 모든 것은 전산으로 해야 하는데 도와주지 않으면 어떡하라고? 가게 때려치우자."

"나 혼자 가는 것도 아니고 팀원들이랑 같이 가는데 나 혼자 편한 대로 할 수는 없잖아. 내가 가르쳐 줄 테니 한번 당신이 해봐."

"내가 이 나이에 이런 걸 해야 돼? 왜 이제껏 해주다가 갑자기 이러는 건데?"

항상 모든 컴퓨터 작업은 내가 알아서 했다. 대장은 주로 현장 일을 하던 분업이 오랫동안 이루어져 왔다. 이런 시간이 오래되다 보니 대장은 사무실 일을 전혀 모르는 상황이었다.

공부를 하면서도 가게에 지장을 주지 않는 선에서 잠을 네 시간 이상 자본 적이 없을 정도로 열심히 배우고 강의를 다녔던 것이다. 17년을 같이 했으니, 이제는 넘겨줄 때가 되었다고 생각했다. 대장에게 하나둘 사무실 일을 가르쳐 주었다. 대장은 투덜거리면서도 컴퓨터 입력을 곧잘 하기 시작했다. 문제는 참지를 못하는 내 성격이었다. 대장이 컴퓨터 입력을 하면 옆에서 답답했다.

"왜 이렇게 더듬거려요? 지난번에 가르쳐 주었잖아."

"아니 한번 가르쳐 준다고 어떻게 다 알아? 그럼 당신이 해."

문을 박차고 나가 버린다. 한참을 멍했다. 내 욕심이 지나쳤나? 어차피 우리 집의 주 소득은 카센터인데 앞이 보이지 않는 이 길을 내가 가려고 하는 것인가? 대장이랑 매일 이렇게 감정 상해가며 이 시점 이걸 꼭 해야 되는 것인가? 고민에 가득 찼다. 문득 대장에게 했던 언행들이 미안했다.

그러면서 가게의 수입도 줄어들었다. 단골손님들도 내가 나가 있지 않으니 많이 빠져나갔다. 차 정비를 하러 오는 손님들은 차만 정비하는 게 아니라 사무실에서 나랑 세상 사는 이야기를 하러 오시기도 했던 것이다. 많게는 7~8명까지 있던 기사를 한 명으로 줄였다. 모든 것의 규모를 줄였다. 살아남아야 하는 방법을 찾기 위한 몸부림이었다.

매일 최선을 다해 열심히 살아내고 있던 시간 속에서 대장 친구의 교통사고사는 엄청난 충격으로 다가왔다. 충주서 청주로 직장을 다니던 대장 친구의 출근길이었다. 잘 주행하고 있는 차를 반대편 주행하던 차가 중앙선을 넘어와 정면충돌을 하였다. 음주운전을 한 것이다. 대장 친구는 사고가 나고 운전석에 끼었다. 스스로 119에 신고를 하고, 와이프에게 전화를 했다.

"정아 엄마, 나 지금 출근길에 사고 났는데, 운전석에 끼어서 움직일 수가 없어. 119에는 신고했고 너무 아프다. 정아는 학교 갔어?"

정아 엄마는 놀래서 대장에게 전화했다. 내가 운전을 하고, 정아 엄마, 대장과 같이 사고 현장에 가면서 내내 울면서 통화를 했다. 가는 중에 자꾸 정아 아빠의 목소리가 자꾸 작아졌는지 정아 엄마의 울음소리는 더 커져만 갔다.

대장은 소리도 못 내고 눈물을 줄줄 흘리며 큰소리로 친구의 이름을 부른다.

"OO아, 힘 좀 내. 정신 잃으면 안 돼. 정아 엄마한테 무슨 말이든 해봐."

현장에 가고 있을 때 더 이상 핸드폰에서는 아무 소리도 안 들리게 되었다. 나도 눈물이 폭포수처럼 흘렀다. 현장에 도착했을 때 피를 너무 흘려서 정신을 잃고 있었다. 119 대원들은 전기톱으로 차를 뜯어내고 있었다. 간신히 정아 아빠를 구조해 냈을 때는 피를 너무 흘려, 온몸이 부풀어 있었다. 119 구급차에 정아 엄마랑 아빠가 같이 타고 병원으로 갔다. 대장이랑 내가 현장을 수습하고, 병원으로 이동하는데 나도 손이 덜덜 떨렸다.

결국 병원으로 이송됐을 때 정아 아빠는 이승을 떠나갔다. 장례를 치르는 삼일 내내 정아 엄마는 기절하고 깨어나기를 반복했다. 대장도 친구를 보내는 장례식 내내 같이했다. 친구들은 장례식장에서 술을 마시며 욕을 했다.

"착한 새끼는 저승사자도 먼저 알아보고 데리러 오는 가보다. 조금만 덜 착하게 살지."

"하고 싶은 것 좀 하면서 즐기면서 살지. 아등바등 살다가 갑자기 이러면 우리는 어떡하라고 가냐. 나쁜 놈 같으니라고. 너, 거기서 기다려. 나중에 내가 가면 등짝 한 대 패줄 테니까."

"내가 힘들 때 한 달 월급 고대로 봉투째 주면서 힘내라고, 돈은 언제든 생기면 갚으라고 하던 놈이 벌써 가면 어떡해? 내 돈 받고 가야지. 이번 달 적금 타서 너 주려고 했는데……"

너무 젊은 나이에 잘못도 없이 황망하게 친구를 보낸 사람들의 넋두리가 한없이 흘러나오는 밤이었다.

친구를 속절없이 보내고, 대장의 우울감은 끝도 없이 올라갔다. 절친이었던 친구의 덧없는 죽음에 대장은 마음에 병을 얻었다. 특히 출장서비스를 다니는 직업을 가진 대장으로서는 운전에 대한 공포가 생겼다. 어느 날 내 의지와 상관없이 상대 차의 실수로도 죽을 수 있으니까 말이다. 밤이 되면 불안 증상은 더욱 올라왔다. 낮에 출동서비스를 다니는 것도 위험했다. 자꾸 낮에도 누워서 잠을 자려고 했다. 친구가 안치되어 있는 곳으로 소주 한 병 사 들고 찾아가는 날도 잦아졌다.

병원을 다니고 상담을 받았다. 끝없는 막막한 삶 속에서 지났던 시간이었다. 그 일로 가장으로서의 책임을 다 못하고 죽으면 어떡하나 하는 불안을 갖고 있음을 알게 되었다. 대장을 더욱 이해하게 되었고, 더 든든한 인생의 동반자가 되었다. 지금도 정아 엄마와 정아를 가족처럼 만나며, 정아 아빠가 떠난 날이 되면 대장과 함께 친구가 있는 납골당으로 만나러 간다.

내가 떠난 뒤 사람들과의 많은 추억을 나눈 사람이 있다는 건 참 행복하다.

떠나는 시간은 언제 어떻게 갈지 모른다. 그렇기 때문에 아무리 힘들고 막막한 시간 속에서도 오늘이 마지막인 것처럼 사랑하며 행복해야 한다. 열심히 살아야 한다.

05

연명 치료의 고통 속에서

　내 친구 승미는 참, 사랑이 많은 아이다. 지나가다가 강아지가 있으면 꼭 쓰다듬어 주고 가야 한다. 거리에 거지가 있으면 주머니에 있는 무언가를 꼭 꺼내서 주고 가던 아이였다. 동네 사람들은 승미에게 하늘에서 살다가 온 천사라고 칭찬했다. 지금 생각하면 친구인 내가 봐도 항상 양보하고 배려심이 넘치는 성격이었다.

　어렸을 적 우리 동네에는 거지가 몇 있었다. 장날이면 장바닥에 앉아 양은그릇을 앞에 놓고 동냥을 했다. 그중에 아이를 안고 항상 젖을 먹이며 동냥하는 아줌마 거지가 있었다. 꼬질꼬질한 모습을 하고, 손톱 밑에 까만 때가 가득한 손으로 아기를 쓰다듬으며 있는 모습은 평범한 엄마의 모습이었다. 승미는 장날 아줌마 거지를 볼 때마다 그냥 지나가는 법이 없었다. 번데기를 사 먹고 가다가 번데기를 주고 가기도 했다. 어떤 날은 엄마 옷을 가져다 거지 아줌마를 주었다가 엄마한테 혼나기도 하는 인정이 넘치는 아이였다.

한 달에 한 번 보는 일제고사에서도 항상 평균이 90점 이상 받아, 일제고사 상을 운동장 단상에서 대표로 받는 공부도 아주 잘하는 친구였다. 그림도 잘 그리고, 달리기도 잘 하는 팔방미인 승미는 같은 친구들에게 로망이었다. 초등학교, 중학교를 같이 다니고 서울로 고등학교 유학을 갔다. 어쩌다 시골에 내려오면 예전에 우리가 알던 친구가 아니었다.

"승미야. 서울 생활은 재밌어? 눈뜨고 코 베어 가지 않아?"

"아니, 거기도 사람 사는 곳인 걸. 아이들이 똑같지 뭐. 난 시골이 더 좋아."

"뭔 소리여 한강도 있고 멋진 빌딩도 많구먼."

이런 대화를 매번 나누었고 방학이 끝나기도 전에 과외를 받아야 된다고 서울로 돌아갔다. 승미가 서울로 돌아가는 날이면 온 동네 친구들이 직행 버스 정류장에 모여 배웅했다. 직행 버스에 타서 유리창에 손을 우리랑 맞대고 항상 아쉬워하며 그렇게 떠나갔다.

승미는 부모님의 자랑이자 보람이었다. 온 동네에 승미의 서울 생활이 부모님에 의해 생중계 되었다. 시골 친구들은 부러워했다. 우리는 치열한 공부를 했던 여고를 졸업하고 각자의 길로 나뉘었다. 승미는 서울에 있는 한 대학교의 디자인학과에 들어갔다. 승미 부모님은 서울에 있는 대학을 서울대학교 들어갔다고 말을 해 동네 오빠들은 승미의 서울대학교 입학을 축하하는 플래카드를 삼거리에 내 걸었다가 승미가 오고 나서야 서울대학교가 아니고 서울에 있는 대학교라는 걸 알고 황급히 떼어 내기도 했다.

대학교를 졸업하고 아버지가 돌아가시고 나서, 승미가 시골에 내려오는 일은 거의 없었다. 승미 엄마가 승미를 보러 서울로 다녀오시곤 했다. 친구들을 만나는 횟수도 줄어들고 그렇게 우리는 각자의 자리에서
열심히 밭에 땀나는 삶에 충실했다.

재작년 가을 승미 엄마는 서울 요양병원에서 돌아가셨다. 친구들도 고향 사람들도 몰랐다. 나중에 소식을 듣고 동네 사람들은 아쉬움을 토해 냈다. 친구들도 승미에게 서운함을 토로했다. 올해 설날 승미는 고향에 내려와 나를 비롯한 친구들과 만남을 가졌다. 여전히 아름다움을 간직한 중년 부인이 되어 있었다.
32~33년 만의 만남이지만 우리는 시골 촌년들 마인드에 스스럼없이 끌어안고 반가움을 표했다. 몸에 변화는 있어도 마음은 아직 17살 소녀들이다. 참 좋다. 고향 친구란 아무리

오래 있다 만나도 어제 만난 친구처럼 편안하고 좋다. 밥을 먹고 차를 마시러 전통 찻집으로 자리를 옮겼다.

승미는 오랫동안 마음을 추스르고 엄마 이야기를 했다. 엄마가 재작년 돌아가셨는데 지금도 엄마를 생각하면 이렇게 눈물 먼저 난다며 또 펑펑 운다.

"엄마가 오랫동안 파킨슨병을 앓았어. 자식이 나 혼자니 당연히 내가 모셨지. 집에서 요양사분이 오시고 해서 모셨어. 그러니 당연하게 가족들과 마찰을 겪게 되었어. 아이들은 학교의 기숙사로 들어가고, 남편은 도저히 같이 못 살겠다고 회사 근처 원룸을 얻어 나가고 큰집에서 엄마랑 둘이 살았어."

"너 대단하다. 정말 대단해. 우리 같으면 그런 상황이면 엄마를 요양원으로 가시라고 설득했을 텐데 엄마를 끝까지 모시는 넌 정말 대단한 거야."

"난 엄마를 그렇게 해야 된다고 생각하는 나만의 아집이 있었어. 엄마가 말기쯤 되셨을 때 나도 힘들어 요양병원으로 옮겼어. 엄마는 온몸이 굳고 말도 못 하는 상태가 되었어. 더군다나 엄마는 살이라고는 하나도 없었어. 식사를 못 하니 코에 줄을 끼워 영양분을 공급했으니 엄마가 얼마나 괴롭고 아파하는지 몸을 덜덜 떨면서 요동을 쳤어. 정말 그만하게 하고 싶었어. 내 엄마라기보다 산송장 같았어. 87세라는 연세에 너무 고통스럽게 1년을 버틴 게 안타까워 지금도 죄책감이 들어."

"마음고생이 많았겠다. 우리에게 연락이라도 하고 마음이라도 나누지 그랬어."

"아니, 나는 그럴 마음의 여유조차 없었어. 남편과 아이들과의 관계도 원활하지 않았고 엄마를 보고 있는 순간들이 나도 고통이었어. 이제야 너희들에게 와서 미안해. 형숙이가 매번 나에게 넌 착한 병이 심하다고 잔소리하던 게 생각났었어. 어려서부터 난 그렇게 사는 게 옳다고 생각했어. 그런데 그것은 나 혼자 일 때 맞는 거였어. 가족관계가 생기면 그건 이기적인 게 되더라. 난 나중에 절대 연명 치료는 안 할 거야. 엄마를 보면서 결심하고 결심했어."

"그래. 연명 치료는 환자 본인의 의사가 제일 중요해. 내 생각에는 연명 치료는 본인과 가족의 생각이 일치할 때 가장 이상적으로 안 할 수 있을 것 같아."

"그래서 난 사전의료의향서 써 놓았어. 너희도 얼른 써 놓으면 좋겠어."

승미 엄마의 죽음과 상황들을 통해 우리는 죽음이라는 현실에 대해 마음을 이야기하고, 죽음을 내 앞에 놓고 생각하는 시간을 가졌다. 오랜만에 만난 친구들은 시간을 거슬러 올라 예전에 서로를 배려해 주던 친구들이 되어 있었다.

이제 우리는 죽음이란 이야기를 자연스럽게 하는 나이가 되었다. 연명 치료의 고통을 옆에서 보면서 사전의료의향서에 대한 필요성도 나눌 수 있는 나이가 된 것이다. 사람은 자기가 살아온 모습 그대로 죽음을 맞이한다. 죽음은 삶의 군데군데 있기에 언제나 준비하고 공부해야 된다. 공부한 만큼 많이 알고 아는 만큼 편하고 행복하게 죽을 수 있기 때문이다. 죽음은 나로부터 시작되고 주인공은 '나'이어야 한다.

06

선택할 수 없는 순간을 위하여

아침에 추웠던 날씨가 오후가 되니 완전 봄날이다. 따뜻한 햇살이 마음마저 편안하게 해준다. 오전 내내 봄맞이 대청소하느라 쓸고 닦고 화분도 옮겼다. 깨끗해진 거실에서 노트북을 펼쳐놓고 글을 쓰니 내가 이 세상에서 제일 부자인 것 같아 뿌듯해진다. 행복이 별것인가? 지금이 제일 행복한 거지……

아들에게 전화가 왔다.

"엄마, 저 집에 잠깐 다녀올까요?"

"오면 되지. 무슨 일 있어?"

"그냥 갑자기 집밥이 먹고 싶어서요."

"오늘 올 거야? 뭐 먹고 싶어? 생전 오라고 목매어도 들은 척도 안 하더니만 어서 와."

"네, 지금 터미널 가서 가면 세 시간 정도 걸리니까 저녁나절쯤 도착할 거예요."

군대 다녀온 뒤로는 되도록 혼자서 뭐든지 해결하던 아들이 웬일로 집에 오겠다고 전화가 오니 무슨 일인가? 걱정도 되고 좋기도 한다. 얼른 축협 매장으로 시장을 보러 갔다. 먼저 정육 코너로 가서 아들이 좋아하는 삼겹살과 등뼈를 골랐다. 상추와 청양고추를 카트에 넣고 시원한 맥주 한 꾸러미도 넣었다. 엄마의 멸치볶음이 젤 먹고 싶다는 부탁도 잊지 않고 멸치와 견과류도 같이 카트에 골인시켰다. 보너스로 과자도 몇 개 집어넣어서 계산대로 향했다.

세 시간 안에 아들이 좋아하는 음식과 아들이 부탁한 멸치볶음까지 완성해야 되니 마음이 바쁘다. 잡곡밥을 밥솥에 앉혔다. 쌀뜨물로 된장찌개를 끓이려 냄비에 부었다. 호박을 사각 썰기를 하고 단맛을 내는 양파도 썰어놓고 두부도 썰어놓고 청양고추도 송송 썰어 넣었다.

냄비에 된장을 풀고 청양고추와 재료들을 넣고 보글보글 끓이고 있다. 가스레인지 다른 구에서는 프라이팬에 멸치를 넣고 비린내가 날아가도록 달달 볶다가 견과류를 넣고 간장과 꿀을 집어넣어 멸치 볶음도 하고 있다. 모처럼 아들이 부탁하는 집 밥상을 잘 해주고 싶은 엄마 마음이다.

"엄마. 지금 주덕 지나가고 있으니 15분 후면 충주에 도착해요. 마중 나와 줄 수 있어요?"

"알았어. 택시 타는 곳으로 나와. 10분 지나면 카메라 찍히니까 얼른 나와."

부리나케 운전을 하고 터미널로 가면서 본 상가 불빛도 너무 예쁘다. 역시 사람은 마음이 어떠냐에 따라 보이는 풍경도 다르게 보인다. 오랜만에 아들을 만날 설레는 마음은 어느새 나를 너그러운 엄마로 만들어 놓았다. 도착하자마자 저 앞에 배낭을 메고 손을 흔드는 아들이 보인다. 클랙슨을 누르니, 환한 얼굴로 달려와 조수석에 올라탄다.

"엄마. 엄마 보니까 너무 좋아."

"갑자기 무슨 바람이 불어서 집에 온다고 한 거야?"

"아침에 공부도 잘 안되고 해서 유튜브를 보고 있는데, 어떤 아줌마가 호스피스에 있는 모습이 나왔는데 문득 엄마가 너무 보고 싶어서."

"엄마가 보고 싶기도 하고 이제 철이 나나 보네."

항상 묵언 수행을 미덕으로 삼던 아들이 조잘조잘 잘도 떠든다. 오래 살고 볼 일이다. 어느새 집에 도착했다. 조수석 문을 열고 내리더니 아버지한테 달려가서 격하게 끌어안는다. 군대에 가면서부터 생긴 버릇이다. 아버지를 보면 인사를 하기도 전에 꼭 끌어안는 것이다. 모처럼 네 식구가 한자리에 앉아 밥을 먹는다. 별 반찬이 없어도 같이 있는 것만으로도 밥상 위로 웃음꽃이 피어난다. 밥을 다 먹고 과일을 먹을 때 아들이 말한다.

"아빠, 엄마 어제저녁에 제가 우연히 유튜브를 봤는데, 말기 암 호스피스 병동에서 투병하는 분 이야기였어요. 문득 눈물이 나면서 아빠 엄마가 너무 보고 싶었어요. 만약에 나라면 어떡 해야 하나? 라는 생각이 들면서 막막한 생각이 들었어요."

"누구든 그 상황이 안 된다는 보장이 없지. 엄마도 그럴 수 있고." 대장이랑 아들딸 등 세 식구는 한목소리로 소리를 빽 지른다.

"재수 없게 왜 죽는 말을 해~~."

"엄마 그런 말을 왜 해. 엄마는 아직 멀었는데."

"이 사람아 우리는 아직 젊은 나이인데 뭘 죽는 소리를 하 고 그래?"

하나같이 다 재수 없다는 표정으로 죽음을 말한다. 금방 내 가 죽는 것처럼 흥분한다. 죽음을 이야기하는 것만으로도 지 금의 상황처럼 느낀다.

"아들. 지금 이야기하는 게 맞아. 죽음은 이야기할 수 있을 때 수시로 이야기해야지 내가 어떠한 것도 선택할 수 없는 상 황이 왔을 때 주변에서 당황하지 않을 거야. 엄마는 그렇게 생각해. 죽음을 많이 이야기하는 사람일수록 삶을 더 열심히 행복하게 살 수 있다고 생각해. 실천해보면 그 말이 딱 맞는 거 같아.

죽음은 재수 없지도 나쁜 것도 아니야. 언제 죽을지 아무도 모르니까. 병이 걸릴지, 사고사가 될지, 자연사가 될지 우리의 마지막을 아는 사람은 아무도 없어. 그러니 보고 싶은 사람은 보고, 하고 싶은 좋은 말은 기회 될 때마다 해 줘야지."

"엄마 그건 맞는 거 같아요. 유튜브 보면서 가족들이 마지막 식사를 나누는 자리에서 그때까지 고맙다는 말을 한 번도 안 해서 미안하다고 하면서 편지를 써서 주면서 울었어요. 그런 말들을 평상시에 나누었다면 조금의 후회는 덜 했을 것 같아요."

"맞아. 오빠 말이 맞아. 후회를 덜 하려면 지금의 내 생활을 보는 게 내 미래니까."

"밥 먹다가 무슨 우중충한 소리여. 나는 이런 소리 듣기 싫어."

아이들보다 더 고집이 센 대장의 말에 아이들과 같이 다시 처음 도돌이표처럼 이야기가 시작됐다. 왜 죽음 이야기를 평상시에 해야 되는지에 대해서 말이다. 한참을 오고 가는 대화가 이어졌다.

"알았어. 그런데 나는 지금 이런 이야기하는 거 싫어. 그냥 즐거운 이야기만 했으면 좋겠어. 정 죽음 이야기가 필요하다고 하니 적응하도록 노력해 볼게. 아빠는 죽음이 무서워서 아직은 피하고 싶다."

친구의 죽음이 트라우마가 되어 아직도 무서움과 두려움이 있는 대장이 이해가 간다. 아들의 갑작스러운 방문으로 우리 가족은 모처럼 서로의 속마음을 나누는 시간을 가졌다.

선택할 수 없는 순간이 왔을 때 눈물로 나누는 것이 아닌 지금 현재 서로의 마음을 읽어주고 사랑을 나누는 대화로 행복해지자. 죽을 때 고맙다, 사랑한다, 미안하다는 말보다 지금 고맙다, 사랑한다, 미안하다 말하며 행복한 시간으로 채워가는 것이 웰다잉의 지름길이다.

07

숙명적으로 죽어야 하는가?

사람은 태어나면 반드시 죽는다. 안 죽는 사람은 아무도 없다. 이 분명한 사실에 우리는 무감각하게 살아가고 있다. 태어났으니 사는 거고 살았으니 죽는다는 생각이라면 얼마나 슬픈가?

경로당에 수업을 가면 여자 어르신 95% 남자 어르신 5%이다.

"아버님들~ 어서 오셔서 같이 공부해요."

"선생님. 이제껏 잘 살았는데 이제 뭘 또 배워. 재밌는 화투나 할래요."

"아버님. 그래도 오셔서 재밌는 수업하셔요."

"머리 아파요. 그냥 이렇게 살다 죽으면 되지."

그중에 한두 분 남자 어르신은 수업에 참석한다. 완전 청일점이다. 특히 경진 어르신과 수철 어르신은 지금도 수시로 생각나는 분이다.

"선생님 사람이 태어났으니 한 평생 일만 하고 아이들 키우고 죽기엔 너무 억울하잖아요. 그래서 영어 공부를 시작했어요. 아들이 학교 다닐 때 공부한다고 사놓고 안 들은 영어 테이프가 집에 있어서 요즘은 내가 그것으로 공부하고 있어요."

"와~ 정말요? 대단하세요."

"가끔 노인 어정쩡한 발음이라 잘 안 돌아가도 텔레비전에서 나오는 것도 봐가면서 해요. 얼마 전 대학 다니는 손자가 집에 왔는데 나하고 영어로 말을 주고받았어요. 식구들이 최고라고 엄지 척 해줘서 기분 좋았어요. 내년에는 내 나이 여든넷. 미국여행을 큰 손자 여름휴가 때 집사람이랑 같이 가기로 했어요."

마을 사람들은 다 박수를 쳐준다. 할아버지의 미국여행이 꼭 이루어지기를 기원해 준다.

"내가 미국 여행 가면 사진도 많이 찍고 우리 동네 사람들 선물 다 사서 가지고 오려고 돈도 모으고 있어."

"근데 어르신 어떻게 영어 공부를 시작하게 된 거예요?"

"토요일 밤늦게 텔레비전에서 외국 영화를 하는데 그렇게 멋있는 거예요. 우리나라 말로 성우들이 대사를 하는데 외국 배우들의 진짜 목소리가 듣고 싶다는 생각이 들었어. 손자한테 말했더니 외국 영화 비디오테이프를 가져다주는데 밑에 있는 글씨를 읽을 시간도 없이 지나가 버렸어. 외국 배우 목소리도 듣는 둥 마는 둥, 자막도 못 읽으니 내용도 잘 모르겠고 해서 영어 공부를 시작했지요.

내가 자식들 위해서 죽자 살자 일을 안 해도 되니까. 할망구하고 나하고 둘만 먹고 아이들 줄 것만 조금씩 농사지으면 되니까 옛날에 비해서 시간이 많이 남잖아요. 밥만 먹으면 한 시간씩 무조건 공부했어요. 새벽에 눈 뜨면 동네 한 바퀴 돌고 와서 한 시간. 아침 먹고 한 시간, 경로당에서 점심 먹고 집에 가서 한 시간. 저녁 먹고 한 시간. 특별한 일이 없는 한 영어 공부는 빼먹지 않고 했지. 이제는 몸에 배어서 안 하면 내가 불안한걸."

얼굴에는 자랑스러움과 동네 사람들에게 선물을 사다 줄 것 같은 기대로 뿌듯해하는 표정이다.

"그래그래, 아저씨가 선물 사 오면 동네 아줌마들 다들 고마워서 난리 날 거예요."

"미국은 초콜릿이 유명한 한가요? 6.25 때 미군들이 트럭에서 뿌려주던 초콜릿이 생각나네요. 트럭 꽁무니 엄청 쫓아다녔는데 벌써 세월이 이렇게 지났네요."

"아줌마, 내가 열심히 영어 공부해서 집사람이랑 손자랑 가서 제일 맛있는 초콜릿 사다 드릴게요. 양키 놈들이 던져주던 초콜릿보다 더 맛있는 걸로."

같은 시대를 살아온 아픔을 가진 사람들의 동지애라고나 할까? 서로 위로해 주고 서로를 생각해 주는 따뜻한 정이 흐른다.

시골에서 태어나 학교 문턱을 한 번도 못 넘어본 수철 어르신은 산골 마을에서 태어났다. 그 동네에서 평생을 살고 계신 분이다. 동네에서 제일 예쁜 지금의 부인인 어여쁜 처녀와 물레방앗간에서 연애를 하고 결혼을 하셨다.

9남매의 맏이로 태어나, 새벽서부터 눈 붙이는 순간까지 가만히 있지 않고 움직임을 멈추지 않는 부지런함으로 시골에서 동생들 8명 시집, 장가보내고, 자식 4명을 모두 대학을 졸업시키신 장한 분이다. 한글은 알지 못해도 손재주가 참 좋은 분이다. 수업 준비물 중에서 살 수 없거나 만들 수 없는 것은 부탁만 하면 1~2시간 내에 뚝딱 만들어 주시는 맥가이버 어르신이다.

꼼꼼하고 얌전하신 할머니는 할아버지가 세상에서 제일 멋있다고 생각하고 존경하는 분이다. '저렇게 늙어가야지'라는 마음이 드는 로망의 부부이다. 삶이 예쁘다. 자제분들 키울 때 독서대를 비롯한 웬만한 건 다 만들어 주셨다. 수제품인 것이다.

동네 마을회관에 필요한 것들을 만들어서 갖다 놓기도 한다. 혼자 사시는 분들에게는 보일러나 형광등과 같은 집수리 하는 것도 전반적으로 다 고쳐준다. 매일 한 번씩 동네 한집 한집 들러보며 다니신다. 마을에서 없어서는 안 되는 분이다. 자식들의 존경을 받는 분. 동네에서 제일 필요로 하는 분. 항상 새로운 것을 창작하는 어르신이다.

텔레비전에 나오는 것을 눈여겨보고 있다가 만들어서 선물

해 주시는 분. 농사도 있는 그대로가 아닌 고민하고 생각해서 농촌지도소에 건의해서 상도 여러 번 받으며 실력도 인정받았다. 무엇이 내가 살아가면서 할 수 있는 일이고, 어떤 것을 도와줄 수 있을까를 고민하고 실천하시는 분이다.

궁금한 것을 알려고 하는 호기심, 알면서 재밌어지는 즐거움. 알아간다는 자부심. 나 자신을 스스로 자랑스럽게 여기는 자긍심을 갖는 늙음은 희망이 있다. 희망이 있으면 사람은 마음이 늙지 않는다.

태어났으니 죽는 게 아니라 무엇인가를 알아가고 배우고 나누고 배려하는 삶이 웰다잉의 가장 든든한 핵심이다.

제4장

선순환의 삶

01

매 순간이 마지막

내 친구 아들은 참 개구쟁이였다. 어렸을 때 엄마의 화장대에 있는 입술 바르는 립스틱을 가져다 동네 주차해 놓은 자동차 앞, 뒤 유리창에 낙서를 해서 차주가 신고를 했다. 친구는 아들과 함께 파출소로 갔다. 낙서야 지우면 되지만 조사과정에서 보니 앞, 뒤 유리에서 모래를 뿌리고 미끄럼을 타서 흠집이 잔뜩 나 있다. 매그너스 지붕 위에서 얼마나 뛰고 놀았는지, 임시 번호인 차를 너덜너덜하게 해놓은 덕분에 친구는 20여 년 전 돈으로 600만 원을 보상해 주었다.

친구는 화가 났다. 아들은 한동안 외출 금지로 집 밖을 못 나갔다.

"우리 OO이는 공부도 곧 잘하고, 착한데 왜 이렇게 사고를 치는지 모르겠어. 속상해 죽겠어."

"네가 같이 못 놀아줘서 관심 끌려고 그러는 거 아냐?"

"○○이가 아기니? 무슨 관심이야?"

"7살이 아기지 큰 애니?"

"나도 먹고살기 바쁜데 어떻게 애만 쳐다보고 있니? 너도 알다시피 내가 혼자 아이 키우는 게 쉽지 않잖아. 그렇다고 친정에서 도와주는 것도 아니고."

친구는 이혼을 하고 친정에서도 이혼한 딸은 자식도 아니라며 집에도 못 오게 했다. 혼자서 아이를 키우기 위해 보험영업을 하고 있었다. 보험영업이란 게 언제든 고객이 부르면 밤낮없이 달려가야 하는 직업이다. 특히 자동차 사고로 인한 호출은 양말도 신지 못하고 달려가야지 고객과의 신뢰를 쌓을 수 있다. 친구는 보험영업에 대한 자부심도 있었다. 정말 고객에게 최선을 다해 열심히 했다.

아들과 살기 위해서라도 죽기 살기로 했다. 점점 인정도 받게 되었다. 한겨울 자동차 사고 접수를 한 고객의 호출로 달려가다가 보니 맨발에 슬리퍼만 신고 가서 동상에 걸린 적도 있었다. 아들을 위해서 날마다 치열하게 전쟁 같은 삶을 살아냈다.

어느 정도 경제적 안정을 찾아갔다. 집도 월세방에서 24평 아파트 전세로 옮겨 갔다. 모든 것이 제 자리를 찾아가듯 평탄하게 잘 가는 것처럼 보였다. 친구는 백조가 물밑에서 수 없는 발차기를 하듯 바쁘게 살고 있었다. 친구도 어느 정도 힘든 영업 활동에 적응하고 노하우가 조금씩 생기기 시작했다.

한편에서 아들은 점점 더 개구쟁이가 되었다. 동네 사람들에겐 골칫거리가 되어 갔다. 아파트 사람들은 친구의 아들이 지나가면 피해갔다. 친구의 아들은 피해 지나가는 사람들을 쫓아가 돌멩이를 던졌다. 관리사무실에서 전화 오는 날들이 많아졌다. 친구는 결국 아파트에서 전세 기간인 2년 만에 다시 변두리 빌라로 이사를 했다. 아들의 하교는 학원 차를 타지만 등교는 해줘야 하는 부담이 생겼다. 아침마다 전쟁터가 되었다. 친구는 아들한테 화도 많이 내고 때리기도 했지만 고쳐지지 않았다. 아니 강도는 심해졌다.

아들이 5학년 사춘기가 되었을 때, 친구는 고민 상담을 해왔다. 같은 또래의 아이를 키우는 동지로서 말이다.

"OO이가 벌써 몽정을 했어. 자꾸 덩치가 커지니까 내가 감당이 안 될까 봐 무서워진다."

"OO이가 속마음은 착하잖아. 네 자식인데 네가 제일 잘 알지 않니?"

"그래도 가끔 화를 내고 밀칠 때면 순간 무섭다는 생각이 들어."

"이제는 힘으로 하지 말고 차근히 마주 보고 이야기를 해봐. 하긴 사춘기 아이들이 우리말을 호락호락 들어주진 않지만 그래도 우리 중학교 시절을 생각하면서 해봐."

"요즘은 지네 아빠 모습이 보여서 가끔 싫기도 해. 어쩜 반찬 투정도 닮았는지……."

"OO이가 아빠 닮고 싶어서 닮은 거 아니잖아. 네가 그렇게 낳았잖아. 아이를 왜 미워하냐?"

사춘기 남자아이를 키우는 엄마들의 공통적인 고민이었다. 정말 얄미운 남편을 왜 그리 못된 것만 닮는지 말이다.

그날 저녁 친구한테 벌벌 떨며 울면서 전화가 왔다. 병원으로 와 달라는 것이었다.

"왜 무슨 일인데 말을 못 해? 어디 병원인데?"

"지금 지금 지금 지금……."

지금이라는 단어만 수백 번 되뇌고 있다. 아는 말이라곤 지금이라는 말밖에 없는 사람 같다.

"어서 말을 해. 무슨 일이야? 너 지금 어디야? 혹시 OO한테 무슨 일 있니?"

"응."

"무슨 일인데 말을 못해? 크게 숨 한번 쉬고 차근차근 말해봐."

"OO이가 아까 학원 차를 타고 집 앞에서 내리다가 뒤에서 오는 차를 못 보고 뛰었대. 병원에 있다고 해서 오니까 장례식장으로 가라고 해서 지금 장례식장이야."

나랑 통화를 하며 조금씩 정신이 돌아오는 듯했다.

친구의 친정에 전화를 하고 상황을 이야기했다. 친구 아버지는 이혼한 딸은 우리 딸 아니라며 전화를 딱 끊는다. 참 매정하다. 그놈의 체면이 뭐라고 옛날 노인의 똥고집에 진절머리가 났다. 친구 언니에게 전화를 하니 다행히 알았다고 하고 형제들에게 연락을 하겠단다. 친구들에게도 연락하고, 내가 알고 있는 연락할 만한 곳에는 다 연락하고 병원으로 갔다. 아무것도 차려져 있지 않고 장례식장에 혼자 덩그러니 앉아있는 친구를 본 순간 심장이 무너졌다. 아들 하나만 바라보고 살아온 삶인데 그 지지대가 없어져 버린 것이다.

친정 형제들이 오고, 직장 동료들이 찾아주고, 친구들과 같이 OO이의 2일장을 치렀다. 친구의 바람이었다. 친구는 기절하고 깨어나기만을 반복했다. 울지도 못했다. 어깨만 들썩이며 구역질만 해댔다. 가슴에 피멍이 들 정도로 쳐댔다.

"아침에 야단치지 말걸."

"나가 죽으라는 말을 하지 말걸."

"네가 왜 태어났느냐는 말을 하지 말걸."

"너 때문에 내가 힘들어서 못 살겠다고 하지 말걸."

"밥이라도 잘 차려줄걸."

"정말 사랑한다고 말할걸."

"내가 살아가는 이유가 너를 행복하게 해주기 위한 엄마 마음이라고 표현할걸."

친구는 후회의 말들을 하면서 가슴을 치고 기절하고 가슴을 치고 기절하기를 반복했다. 왜 친구의 마음을 모르겠는가? 우리는 이튿날 발인을 하고 화장장으로 향했다. 화장장 화덕으로 아들을 들여보내며 친구는 더 이상 울지 않았다. 멍하니 넋 나간 사람처럼 쳐다만 보고 있었다.

그렇게 장례를 치르고 친구는 침전물처럼 가라앉았다. 암막 커튼을 치고 밖으로 나오지 않았으며, 먹는 것도 거부했다. 잠도 자지 않으며 아들 방에서 지냈다. 생전 처음 친구의 친정 아버지가 딸 집으로 왔다.

"너는 네 아들이 애달프고 불쌍할지 몰라도 난 내 딸이 이렇게 죽어가는 꼴 못 본다. 집에 가서 살자."

손을 내미셨다. 친구는 매정하게 쳐냈다.

"아버지가 조금만 일찍 우리 모자를 바라봐 주었어도 ○○이가 덜 외로웠겠지요. 이혼이 무슨 대수라고 나랑 내 아들을 죽도록 남겨 두었어요? 이혼 안 하면 난 벌써 예전에 죽었을 거예요. 아들 죽고 난 다음에 내가 살아가야 할 이유가 뭐가 있나요?"

눈에 독기를 품고 따졌다. 팔순의 아버지는 딸을 말없이 끌어안고 미안하다는 말만 되풀이했다.

"미안하다. 미안하다. 미안하다. 잘못했다. 잘못했다. 미안하다."

친구들과 주위의 사람들 덕분에 친구는 다시 일상생활로 돌아오는데 3년 탈상을 하듯 꼭 3년이 걸렸다. 속으로는 아직도 너무 큰 상흔이 있겠지만 최소한 겉으로는 평범하다.

"아들이 가고 난 다음, 방 정리를 하다 보니 아들 일기장을 보았어. 엄마가 아무것도 안 하고 내 옆에만 있었으면 좋겠다. 밥도 하지 말고 무조건 나하고만 있음 행복하겠다는 글귀가

너무 아팠어. 별것도 아니고 그냥 같이 있기만 해도 행복해할
텐데 그것을 못 해줘서. 아들을 위해 산다고 정신없이 사는
동안 아들은 혼자 너무 외로움에 진저리를 쳤으니 내가 어떻
게 엄마 노릇을 한 거니? 내일의 행복을 위해 난 오늘의 행복
을 보류하는 게 맞는다고 생각하고 정당화시켰어. 아들이 가
는 날 그날이 마지막 날인지 알았으면 나도 더 잘 해주었을
텐데 우리는 그것을 모르니 후회의 덩어리만 남는 거 같아.

　이제 나는 매일이 내 마지막 날이라고 생각하고 살 거야.
아들에게 보상하는 길은 그것이라고 생각해. 나중에 아들을
만났을 때 정말 미안하다고 말할 수 있는 자격이 생길 것 같
거든."

　하루하루를 마지막인 것처럼 살면 우리는 지금 나에게 최선
을 다하며 살 수 있다. 조금 더 현명하게 살아갈 것이다. 어려
운 일도 쉽게 결정할 수 있을 것이다. 최소한의 후회를 하도
록 노력할 것이다.

　'오늘은 어제 죽어간 이가 그토록 간절히 바라던 내일이다.'
라는 말처럼 죽은 사람들을 위해서도, 그리고 무엇보다 나 자
신을 위해서 최선의 삶을 살아야겠다.

　오늘 아침도 거울을 앞에 놓고 질문을 해본다.

　"오늘이 나의 마지막 날이라면 지금 내가 하려고 하는 일을
할 것인가?"

02

잘 살기

생명존중 강의를 하러 다니다 보면 우울감이 높은 청소년들의 공통 언어가 있다.

"선생님, 착하게 잘 살게요."

왜 착하게 잘 살아야 한다고 말하는 걸까? 누가 착하게 살라고 강요했을까?

"왜 착하게 살아야 되는데?"

"그냥요. 착하게 살게요."

"착하게 안 살아도 돼. 단지 남을 해코지하거나 나쁜 짓이 아니면 네 마음대로 하면서 살면 되는 거야. 굳이 남한테 착하게 살자고 너 자신을 괴롭힐 필요 없어. 참지도 마. 넌 지금 충분히 차고 넘치도록 착하니까 그만 착해도 돼. 너 자신의 행복을 가장 먼저 생각해. 꼭 지켜야 할 건 남에게 피해만 안 주면 되는 거야. 그렇다고 손해도 보지 마."

"선생님, 그럼 나쁜 사람이 될지 몰라요."

"나쁜 사람 좋은 사람은 중요하지 않아. 네가 행복하냐가 중요한 거야. 착한 사람 하느라 지금 너 너무 힘들잖아."

고개를 푹 숙인다. 눈물이 또르르 흐른다.

"그래도 엄마는 항상 내가 착할 때만 용돈도 주고 관심을 보여주세요. 조금이라도 엄마 맘에 안 들면 나에게 태어나지 말았어야 했다는 말을 해요. 저는 착한 일을 할 때만 내가 살아 있는 존재이고 느낌이 나요. 너무 힘들어요."

"엄마에게 반항하라는 뜻이 아니라 네가 힘든 건 엄마한테 이야기하고 네가 안 하면 돼. 너 엄마 사랑하지?"

"그럼요. 엄마는 나만 위해서 열심히 사시는걸요. 다만 제가 엄마의 기대에 못 미쳐서 걱정이에요."

"엄마의 기대가 아니라 네가 행복하다는 생각이 드는 삶을 살았으면 좋겠어. 어쩌면 처음엔 엄마와 부딪칠 수 있어. 시간이 흘러 너의 진심이 전해지면 엄마도 기뻐할 거야. 대신 네가 최선을 다해 살았을 때의 이야기야. 할 수 있는 만큼만 하면 돼. 모든 것은 네 잘못이 아니니까."

참 마음이 많이 아프다. 착하게 살지 않아서 자신이 정상인이 아니라고 생각하는 것이다. 사실 착하게 살지 않아서가 아니라 주위에 환경에 의해서 그렇게 되는 경우가 허다한데도 그 책임을 아이들한테 전가하는 것이다.

지금도 그런 환경은 많다. 착하게 살아야 한다. 남한테 잘 보여야 한다. 무조건 손해 보고 살아야 한다. 내가 참고 살아야 한다. 옛날 보수적인 분위기로 가면 갈수록 더욱더 심하다. 이제 환경도 변했다. 사회도 변했다. 모든 것이 변해 가고 있다. 어떻게 사고방식은 부모의 것을 따르고 몸은 현재에 있으란 말인가? 지금은 대학생이 되어 든든한 아름다운 청년이 된 아이지만 고등학교 때까지 참 많이 아픈 아이였다. 잘살고 있다고 볼 때마다 엄지 척을 해준다. 기특하다.

아이는 잘 살 것이라 확신한다. 자신의 잘못이 아니고 자신이 어떻게 살아야 되는지 알기 때문이다. 타인의 시선이 아닌 아이의 인생을 살아갈 방법을 스스로 찾아냈기 때문이다.

어른도 마찬가지이다. 친구 은정이는 어느 날 내 앞에 머리에 꽃무늬 스카프를 쓰고 나타났다. 사는 게 뭔지 서로 바빠 무소식이 희소식이다 생각하며 지내고 있던 마흔세 살 가을 찬바람이 불기 시작할 때 즈음이다. 여전히 은정이의 습관인 환한 웃음으로 내 어깨를 친다.

"야, 아무리 바빠도 얼굴은 보고 살자. 내가 죽은 다음에 보고 싶다고 아무리 외쳐도 내가 보여 줄 수가 없잖니? 그래서 내가 너 보러 왔어."

"미안해 사는 게 왜 이리 전쟁터냐? 너는 애들은 몇 살이야?"

"날 앞에 두고 내 애들을 왜 묻니? 나한테 집중해라."

"헉, 너는 예전이나 지금이나 똑같구나. 머리에 스카프는 뭐야? 요즘 그런 꽃무늬가 유행이야?"

"그래, 암 병동에서는 이런 스카프가 유행이다."

"엥? 암 병동? 너 아파서 머리에 스카프 두른 거야?"

"응. 이제 항암치료 13번 했는데 많이 좋아졌어. 병원에서 기적이래."

"정말 미안해, 내가 모르고 실언을 했다."

"아니야. 오늘 사실 충주에 암 환우가 보자고 해서 멘토로 왔어. 너는 항상 보고 싶은데 너무 바쁘다는 소문을 들어서 선뜻 보고 싶다고 오기가 미안해서 오늘 충주 온 김에 핑곗김에 너를 만난 거야."

"진작 와도 너 만날 시간은 있는데 내가 바쁘다고 소문만 무성한가 보다. 약속한 사람은 만났어?"

"응 만나서 밥 먹고 같이 충주댐 드라이브하면서 차도 마시고 힘이 되어 주려고 많이 노력했어. 받아들이는 것은 본인의 몫인 거고 나는 내가 할 수 있는 것까지만 하는 거야."

친구는 또 목젖이 보일 만큼 크게 웃는다. 아픈 환자가 맞나? 라는 생각이 들 정도로 건강해 보인다. 머리에 쓴 스카프도 멋 부리기 위한 것으로 보인다. 정말 씩씩하고 환한 친구를 보며 기분이 우울하거나 슬프지 않았다.

"형숙아 나도 처음엔 억울했지. 너도 알다시피 내가 어려서부터 오빠들 때문에 공부도 많이 못 하고 공장으로 가서 열심히 일하고 결혼해서는 시집살이 엄청 했잖아. 울기도 하고 소리도 쳤어. 어느 날 거울을 보는데 미친 여자가 그 속에 있더라. 어차피 죽을 거면 남은 시간이라도 멋지게 살다 죽자는 생각이 들어 시어머니를 비롯한 식구들을 앉혀 놓고 이야기했어.

암이라 언제 죽을지는 몰라도 내 맘대로 하고 싶은 것 하다 죽을 거라고. 식구들은 맘대로 하라고 응원해 주었지. 그때부터 나의 제2 인생이 된 거야. 아프고 나서 찾아온 봄 같은 시간, 그래서 공부를 시작했어. 학점 은행제 사회복지사 지금 공부하고 있어. 공부가 이렇게 재밌는지 몰랐어."

"정말 대단한 친구다. 멋있다."

"내가 아프면서 느끼는 건데 못할 게 없다는 생각이 들어. 죽음 앞에 갔다가 온 사람은 겁나는 게 없이 용감해지거든. 이제야 사는 게 뭔지를 돌아보게 되는 것 같아."

죽음 앞에서 보는 지금의 내 모습은 어떨까? 용감무쌍해지는 친구에게 힘찬 응원을 보냈다. 그 이후 친구는 항암치료와 방사선 치료를 꽤 오랫동안 잘 참고 이제는 완치 판정을 받았다. 너무도 활발한 활동을 하며 사회복지사로서의 사명감과 인생의 참맛을 느끼며 살아간다. 자주 연락하며 삶의 동행자로서 서로에게 응원을 아끼지 않는 아군이 되었다.

삶은 환경과 재능만으로 이루어지지 않는다. 일상생활에서 수많은 관계를 이해하고, 시간을 잘 활용하고, 스트레스에 어떻게 대처하는지가 우리의 삶에 큰 영향을 주기 때문이다. 지금의 나이에 맞는 경험과 추억은 살아가는 동안 큰 위안이 된다. 내 앞의 당면한 삶의 부피만이 다가 아니다. 현미경으로 보는 세상이 아닌 망원경으로 멀리 보는 세상도 있다.

　잘 산다는 건 내가 가지고 있는 재능과 환경에 매몰되지 않고 평범한 일상을 소중히 여기며, 그 안에서 진실로 원하는 것이 무엇인지 찾아가는 것이다. 잘하는 것보다 중요한 것은 잘 사는 것이다.

03

준비하는 삶

오늘은 꽃샘추위가 기승을 부리는 3월의 중순이다. 눈 뜨자마자 기지개를 켜고 오늘 무슨 일을 해야 되는지 머릿속으로 정리하기 시작한다. 코로나 19 때문에 강의는 모두 취소가 되었다. 내가 할 일이 뭘까 시간별로 정리해 본다. 자리를 박차고 일어나 양치를 하고 따뜻한 물을 한 모금 마신다. 계획했던 일들 하나씩 행동에 옮기기 시작한다. 하루가 시작된 것이다. 우리는 하루를 살아내는 것도 이렇게 계획을 세우고 준비를 한다. 하물며 80년 이상 사는 우리의 삶에 대해서는 얼마나 계획하고 준비를 하는가?

동네에서 부자라고 소문난 할아버지 할머니 부부가 있었다. 할아버지는 항상 그 동네 유지로서 동네의 크고 작은 행사에 꼭 한자리를 차지하고 앉아 계시는 분이다. 곱디고운 할머니와 손을 나란히 잡고 경로당에 오셔서 할아버지 방 할머니 방으로 잠시 이별 후 집에 갈 때는 같이 손잡고 가는 잉꼬부부다. 요즘 말로 꿀 떨어지는 모습에 동네 할머니들의 질투를 받기도 한다. 수업을 가면 할아버지는 어느새 할머니 옆으로 와서 앉는다. 열혈 청강자다.

"할아버지 할머니가 그렇게 좋으세요?"

"그럼 할멈밖에 없지. 젊어서는 정치 헛짓거리한다고 집 살림을 할멈 혼자 했어. 애들도 할멈이 키우고 난 껍데기야. 이제 살면 얼마나 살아. 할망구가 젤이지."

"늦게나마 할머니가 젤이라니 다행이시네요. 젊어서 정치하신 분인데도 굉장히 자상하세요. 어깨에 힘이 많이 빠지신 거예요?"

"어깨에 힘이 빠진 게 아니라 빠질 힘이 없어. 나이 90에 무슨 힘이 있겠어."

"그럼 이제껏 고생한 할머니한테 재산 좀 나누어 주시죠?"

"아니 재산을 왜 할멈한테 줘? 나중에 큰아들한테 다 줘야지."

농담 삼아 한 이야기에 버럭 화를 내신다. 옆에 계신 할머니는 그만하라는 신호를 보내신다. 평생을 저렇게 사신 할머니가 정말 행복할까 하는 생각이 잠시 들었다.

다음 주 수업을 들어갔더니 동네가 심란하다. 어르신들도 꽤 많이 결석하셨다. 왜 그러냐고 물어봤다. 할아버지가 밖에 있는 화장실을 다녀오시다가 넘어져서 돌아가셨다고 한다. 황망히 장례식을 치르고 어제 삼우제를 지냈다고 했다.

할머니는 그래도 수업에 참석을 했다. 동네 할머니들이 집에 있으면 할아버지 생각난다고 모시고 왔다. 어르신들은 밤새 안녕이란 말이 실감 났다. 90의 나이에 하고 싶은 것 다 하고 사시다 가셨으니 여한은 없을 것이라는 할머니의 말을 위로 삼아 들었다.

12회기 수업이 끝나갈 무렵, 할아버지가 돌아가신 지도 어느덧 두어 달이 지날 무렵부터 할머니는 보이지 않았다. 동네 분들 말로는 서울 아들이 모셔갔다고 했다.

"선생님. 김 씨 할머니네 난리 났어요. 할아버지 재산 서로 나누어 갖겠다고 아들. 딸, 손자, 손녀까지 지금 재판 걸고 난리도 아니에요. 할머니도 자식들이 재판에 유리하게 서로 모신다고 납치하다시피 야반도주하듯 몰래 데리고 갔다니까요.

밤에 난리가 나서 내다봤더니 자동차가 붕 떠나길래 누가 다녀가나 했어요. 아침에 나와 보니 김 씨 할머니가 우리 집 대문 안에 누런 봉투를 하나 던져 놓고 갔어요. 돈 백만 원과 고마웠다는 편지요. 아마도 아들들이 이렇게 데리고 갈 것을 미리 알았나 봐요. 지금 말하면서 눈물이 나요. 의원 사모님으로 시골에서 참 열심히 사신 분인데 서울 가면 낯설고 물설 텐데……."

"할머니가 어제 우리 집으로 몰래 전화했어요. 둘째 아들이 조그만 방을 얻어서 할머니 혼자 있으라고 숨겨 놓았데요. 다행히 일하는 파출부는 이틀에 한 번씩 불러 줬나 봐요. 할머니가 아들들 위신 깎을까 봐 말도 못 하고 파출부 아줌마한테 전화기 빌려서 우리 집 전화번호를 아니까 전화를 했어요. 할머니가 울어요.

나도 어떻게 해 줄 수도 없어서 말도 못 하고 같이 울기만 했어요. 할머니가 자식들한테 우리 집에 통화한 것 들어가면 또 어디로 옮겨질지 모른다고 무섭다고 했어요.

처음엔 큰아들이 데려갔는데 며느리하고 다 집을 나가고 혼자 있을 때, 둘째 아들이 와서 할머니를 데리고 간 거래요. 조그만 방에다 갖다 놓고 밥하는 아줌마만 이틀에 한 번씩 오게끔 하고 지들은 오지도 않는데요. 하루 종일 텔레비전이 친구래요.

시골 내려오고 싶다고 우는데 나도 가슴이 철렁했어요. 할머니 어떻게 될까 봐 걱정돼서 죽겠어요. 문제는 할머니 시골집도 지난주 헐값에 팔렸어요. 나쁜 자식새끼들이 돌아올 곳도 아예 없애 버렸어요."

"할아버지가 목에 힘주고 맨날 자식들 자랑하고 다니며, 할머니만 쥐 잡듯이 하더니만 돌아가셔서까지 할머니한테 왜 저러나 모르겠어요. 유학 다녀오면 뭐 해요? 저런 짐승만도 못한 자식을요. 남의 눈에 보이는 게 중요해서 자식들 오냐오냐 교수 만들고 사업해서 사장 만들어 놓았으면 된 거지, 얼마나 많은 욕심을 부리려고 저러나 모르지요."

"도대체 할아버지 재산이 어느 정도인데 할머니가 자식들한 테 납치를 당할 정도예요?"

"시골에만 있는 게 아니에요. 자식들 서울로 학교 갈 때마 다 건물을 하나씩 사서 재산이 꽤 많이 되나 봐요. 경기도 어 디에도 땅이 꽤 있다고 소문에는 들었어요. 이 동네에서도 땅 이 제일 많아요."

할아버지가 큰아들 준다고 꼭 움켜쥐고 있던 재산이 집안을 풍비박산 내 버렸다. 자식들 간의 다툼으로 할머니는 이 자식 저 자식의 집으로 끌려다니고, 자식들은 서로 원수가 되었다. 할머니와의 아름다운 추억도 할아버지의 죽음으로 끝이 났다. 너무 안타깝다. 진즉에 재산 정리하고, 진즉에 물건 정리하고, 진즉에 가족들에게 하고 싶은 말 하고 살았다면 할아버지의 죽음이 남은 자손들의 다툼과 전쟁이 아닌 화목과 추억이 되 었을 것을… 하는 생각이 든다.

유품 정리사가 알려주는 아름다운 마무리 중에는 삶의 질서 를 위해 쓸모없는 물건을 나누어주고 나의 자리를 청결하게 정리하는 습관을 지니라는 말과 가진 것들을 충분히 사용하라 는 말이 있다.

이별 준비를 잘 한 사람들 특징이 있다. 예를 들면 본인의 고통에서 벗어날 수 있다. 가족에게 치료비로 인한 물질적인 부담을 덜어줄 수 있다. 연명 치료에 대한 가족들의 죄책감도 줄여줄 수 있다. 가족들에게 죽음을 직시한 사람은 사랑을 심어줄 수 있다.

누구나 반드시 오는 확실한 죽음. 준비한 만큼 잘 죽을 수 있는 확실한 정답이 있다. 죽음이란 단어가 무서워서 자꾸 피하는 것은 내 삶에 대한 무책임이다. 영원한 이별을 하며 아름다운 추억을 선사해 주고 떠나는 준비한 죽음은 만족한 삶이 될 것이다.

'나는 행복했다. 사랑했다. 후회 없다.' 지금부터 준비하는 삶, 실천이다!!

04

마무리의 중요성

'무슨 일이든 처음보다는 끝이 좋으면 다 좋은 것이다.'라는 말이 있다. 과정이 좋아야 마무리도 좋기 때문이다. 마무리의 중요성이다. 우리의 삶도 마찬가지이다. 탄생보다는 죽음이 중요하다.

나는 강사이기 전에 남편이랑 카센터를 20년 운영한 사람이기도 하다. 카센터에는 여러 연령대와 여러 직업군과 여러 인성을 가진 사람들이 많이 온다. 6년 전, 옛날 대우 프린스 자동차를 가지고 오시는 단골손님이 계셨다. 사시사철 중절모를 쓰시고 오시는 멋쟁이 어르신이다. 가끔 사모님과 같이 오기도 했다. 차를 가지고 오셔서 보닛을 열면 새 차처럼 반질반질하다. 신차 수준의 엔진 룸을 보고 있으면 정비사들도 주

늦이 드는 고객이었다. 절대 다른 카센터 가지 않고 꼭 우리 집으로 오시는 골수 단골이시기에 더욱더 신경이 쓰였다.

엔진오일을 교환하러 가게 앞에 차를 정차하고 사무실로 들어오셨다. 새로운 신참 정비사가 단골손님인 줄을 몰라보고 툴툴거렸다.

"무슨 손님이 정비사보다 더 차에 대해서 안다고 잔소리를 저렇게 하는지 모르겠어요."

"우리 단골손님이셔. 워낙 대우에서 오래 근무하셔서 차에 대해서 잘 아는 손님이니 뭐가 불편한지 여쭈어보고 정비해."

"아니 정비사도 아니면서 무슨 부품만 교환하라고 명령을 하잖아요. 기분 나빠요."

"당연히 기분 나쁠 수 있어. 저런 손님도 있으니까 김 기사도 월급 받아 가져가는 거야. 그냥 웃으며 대해주자고."

"사모님 말씀 들으니 그러네요."

어르신의 말투에 기분 상해하던 기사들도 시간이 지남에 따라 어르신의 진심을 알기에 잘 지내게 되었다.

자식들이 아버지 차를 교환해 드리겠다고 해도 프린스를 고집하는 분이시다. 단종된 차종이기에 부품이 없는 경우가 종종 있다. 어르신은 본사 부품 공장에 가서 부품을 사서 트렁크에 넣고 다니신다. 좋고 편리함을 따르기보다는 불편하더라도 정이 든 차를 바꾸기가 쉽지 않은 것이다.

사람도 마찬가지이다. 흔히 말하는 아날로그라는 표현을 쓰기도 한다. 수동적이고 불편함을 동반하지만 정이 있고 익숙함과 추억이 있기 때문이다. 특히 어르신들은 더 그런 경향이 진하다.

어르신의 모자는 10년 전 회사에서 여행 보내 줄 때 산 것이고, 신발은 손자가 취업했다고 사 준 수제화를 손보면서 15년을 신으셨다. 그 외에도 기본 10년은 다 넘은 물건들이 어르신한테는 차고 넘친다.

엔진오일 교환 시기가 지나서 문자를 보내도 방문이 뜸해지시기 시작했다. 전화를 해도 어르신 전화는 맞지만, 모르는 사람이 받았다. 불통의 시간이 길어질수록 불안했다. 연세 드신 단골손님들은 가끔 연락이 안 될 때 안 좋은 소식을 동반하기도 했기 때문이다. 그 이후 몇 번의 연락 끝에 우연히 연결된 전화를 사모님이 받으셨다.

"사모님. 안녕하셨어요? 어르신 잘 계시죠? 엔진오일 예방정비 문자 날아갔을 텐데 보셨어요?"

"아니요. 지금 남편이 병원에 있어요. 갑자기 쓰러지셨는데 폐암 말기예요. 다음 주쯤 퇴원하려고요. 남편이 퇴원하기를 원해서요."

"그런 상황이 있었군요. 많이 안 좋은 상태세요?"

"병원에서 그렇게 얘기해요. 아이들만 경황이 없어요. 저 양반은 너무 평온해요. 그래서 더 무서워요."

"어르신 많이 힘들어 하세요?"

"아뇨? 너무 편안하게 책도 읽고, 먹는 것도 잘 먹어요. 퇴원해서 친구들도 만나겠다고 부풀어 있어요. 가족들에게 여행가자고 혼자 여행계획 세우고 있어요."

"어르신이 잘 버틴다니 참 다행이네요. 퇴원하시면 제가 한번 찾아뵐게요."

"네 사모님. 퇴원하면 연락드릴게요."

상담 심리학을 공부하는 중이었기에, 손님들과 사무실에서 많은 대화를 나누며 소통을 하고 있어서 쉽게 다가갔다. 20여일이 지났을 때 사모님으로부터 퇴원했다는 연락이 왔다. 어르신이 좋아하는 율무차를 한 박스 사서 산속 오솔길을 따라 들어가 어르신 집에 문병 갔다.

"어르신 많이 불편하세요?"

"아뇨 가끔 찾아오는 통증 말고는 괜찮아요. 사모님 오니까 또 웃을 준비해야겠네요."

"어르신 대단하시네요. 이런 어르신 참 좋아요."

"사모님. 나는 이제 태어났으니 죽는 것이고, 원 없이 살았으니 후회도 없어요. 어차피 주어진 시간에서 난 열심히 살았으니까요. 잘 살아도 못 살아도 내 삶이었으니까요. 지금의 내가 참 좋아요. 오래전부터 난 오늘 같은 날을 준비했어요. 끝이 좋아야 되잖아요. 너무 편하고 좋아요. 예정된 시간이었기 때문에요.

등산 다니고 여행 다니기 좋아하던 내가 이젠 책 읽고 음악

들고 기도하는 게 좋아요. 신체적 능력이 떨어졌을 때 아무것
도 안 하고 통증에만 집중하면 더 아플 것 같아서 미리 연습
을 오래 했어요.

기도는 온몸을 못 움직여도 나 자신과 가족과 지인들을 위
한 축복을 해줄 수 있는 가장 큰 도구잖아요. 지금, 이 시간이
이래서 좋아요."

"어르신 정말 존경스럽습니다."

"존경은요, 그냥 시간 시간을 즐기는 거예요. 젊었을 때는
젊음을, 나이 들어서는 나이 든 생활을 즐기면 되는 거예요.
지금은 죽음을 앞에 둔 시간을 즐기는 건 연습만 하면 누구나
할 수 있어요. 그동안 내 애마인 프린스 잘 정비해 주셔서 감
사해요. 이런 인사를 할 수 있는 것 또한 감사하지요."

죽음을 앞에 놓고 하나하나 다 감사로 이야기하는 어르신의
모습에 고개가 숙어진다. 죽음에 가장 가까운 거리에 있음에
도 두려움보다는 감사의 기도로써 자신이 아는 사람들을 축복
해 줄 수 있는 인생에 큰 존경심이 들었다. 재산도 쓰시던 물
건도 자동차도 모든 것을 깨끗이 정리하셨다. 사랑한다, 고맙
다는 마지막 말로 어르신은 석 달 후 돌아가셨다.

"끝이 좋아야 되잖아요."라는 어르신의 말씀을 되뇌어 본다.
마무리의 중요성을 간략해 놓은 말이다. 나도 어르신과 같이
나 자신을 사랑하며 하루하루 최선을 다해 마무리가 좋은 삶
을 살아가야겠다.

05

자신의 마지막과 소통하기

강풍이 몰아치는 꽃샘추위 날씨인 3월의 오후이다. 길가에 개나리와 담장에 벚꽃들이 봉우리를 내밀며 호된 추위에 가지를 몰아친다. 봄이 오는 값을 톡톡히 한다. 재작년 2018년 이맘때 즈음 나는 소개를 받아 60대 중반의 예은이 할머니를 상담했다. 상담이라기보다는 코칭에 가까운 시간이었다.

파란색 사무실 문을 열고 주뼛주뼛하며 들어온다.

"혹시 여기가 상담해준다고 소개해준 곳 맞나요?"

"예, 혹시 예은이 할머니 되세요?"

"네. 나 같은 나이 든 사람이 여기와도 되는 건가요?"

"그럼요. 앉으세요. 보이차 있는데 드실래요?"

"주시면 먹을게요."

커피포트에 스위치를 올리고 내담자를 관찰했다. 눈 끝은 아래로 조금 내려왔고, 입은 앙다문 모양으로 피부가 너무 고운 분이다. 단추는 블라우스 맨 위 단추까지 꼭 잠그고, 신발은 갈색 단화를 단정하게 신었다. 눈동자는 신발 끝을 바라보고 있고, 손은 계속 만지작거린다.

"예은이 할머니라고 소개를 하셨는데 왜 이름을 말씀 안 하세요?"

"나는 예은이 할머니일 때가 제일 행복해요. 그때는 내가 정말 살아 있다는 느낌이 들어요."

"그러시군요. 본인의 이름을 들을 때는 기분이 어떠세요?"

"싫어요. 내가 바보 같고 병신 같다는 생각이 들어서 내 이름이 싫어요."

"그럼 예은이 할머니로 계속 불러 드릴까요?"

"그랬으면 좋겠어요."

예은이 할머니는 말을 참 잘했다. 특히 손녀딸인 예은이 이야기를 할 때는 눈동자가 반짝반짝 빛난다. 사람이 살아 있다는 것을 제일 잘 알 수 있는 건 눈빛이 아닐까?

"우리 예은이는 낳아서부터 우리 집에서 내가 키웠어요. 며느리가 직장 다니느라 육아를 할 형편이 안 됐어요. 몸조리도 내가 시켜 줬고, 주말에만 와서 아기를 보고 갔어요. 아들도 며느리도 참 열심히 사는 아이들이에요. 난 시어머니한테는 시집살이를 안 해 봤는데 남편 시집살이를 아직 하고 있어요.

내가 사모님 소리 들으니 우리 남편이 엄청 집에서도 호인인 줄 사람들은 착각해요. 다 거짓인데…… 내가 무엇을 해도 다 맘에 안 들어서 잔소리를 해요. 욕도 해요. 가끔은 집에 있는 살림살이도 부숴 버리기도 해요. 아이들도 모르죠.

다른 사람들 있으면 세상 그렇게 착한 남편이고 애처가 행세를 해요. 자식들까지도 다 깜빡 속아 버리죠. 그러다 예은이가 생기면서 아기 앞에서는 안 그래요. 아기가 자거나 어린이집 가면 또 시비를 붙죠. 생각하는 것만으로 진저리가 쳐져요."

"예은이 할머니가 많이 힘드셨겠어요. 그 힘든 세월 잘 견디셨네요."

작은 위로 한마디에 펑펑 눈물을 쏟으신다.

"예은이가 초등학교 들어가야 돼서 작년 아들 집으로 갔어요. 내 삶의 낙을 잃어버렸죠. 그때부터 불면증과 우울 증상이 심해져서 병원에 가서 약을 타다 먹고 있어요."

"많이 힘드셨겠어요."

"네 정말 많이 힘들었어요. 지금도 그렇고요, 나는 살려고 정신과에 가서 약을 타다 먹는데 남편은 나보고 미쳤다고 했어요. 술 먹으면 미친년이란 말도 서슴없이 했죠. 나한테는 씻을 수 없는 상처예요."

"당연하죠. 아픈데 위로는 못 해줄망정 해서는 안 되는 말씀을 하셨네요. 예은이 할머니 잘 참고 버티셨네요."

"이제는 이혼하고 혼자 살고 싶어요. 아이들은 아버지의 실체를 모르니 엄마가 세상 물정 모르고 텔레비전 연속극을 너무 많이 봐서 철없이 황혼 이혼한다고 반대해요. 내 마음을 알아주는 사람은 아무도 없어요. 나를 나쁜 사람으로 몰고 가요. 소름이 끼쳐서 같이 안 살고 싶어요. 선생님 어떡하면 될까요?"

"남편분이 왜 예은이 할머니한테 못 되게 그럴까요?"

"남편은 학교를 안 나오고 나는 여학교를 나왔어요. 우리 친정은 오빠들도 잘 살고 남부럽지 않게 살았어요. 양장점을 하는 언니네 집에서 학교 서무실에 다녔던 나를 남편이 쫓아 다녔어요. 친정에서는 반대했죠. 7남매의 가난한 집 장남이니 고생한다고요. 콩깍지가 씐, 나는 친정의 반대를 무릅쓰고 결혼을 했어요. 친정 식구들 있을 때는 얼마나 잘하는지 몰라요. 그러니 사람들이 다 속는 거예요."

"억울한 면도 많았겠어요."

"그럼요. 이제 나도 편히 내 맘대로 살고 싶어요. 매일매일 억울해요. 37년 결혼 생활 중 남편과 행복했던 날이 생각이 안 나요. 그나마 다행인 건 제가 뭘 배우러 간다고 하면 차 태워다 주기도 해요. 제 맘대로 외출할 수 있는 유일한 시간인 거죠."

"37년의 억울한 결혼 생활하셨으면 앞으로 37년은 의무적으로 행복하셔야죠."

"선생님 그건 가당치도 않는 일이에요."

"제가 앞으로 37년 행복하게 사는 방법 알려 드리면 하실래요?"

"그런 건 없어요. 있어도 허무맹랑할 거예요."

"정말로 있어요. 안 되면 상담료 돌려 드릴게요. 상담자를 못 믿으시면 안 되는데요."

"알았어요. 밑져야 본전이니까 해볼게요."

"남편분을 옆집 아저씨라 생각하세요. 옆집 아저씨가 뭐라 그런다고 소화 안 되는 거 아니잖아요. 식사할 때도 속으로는 '아저씨 식사하세요.'라고 하고 입으로는 '여보 식사하세요.' 하면 되죠."

"그게 될까요?"

"그럼요. 옆집 아저씨 식사 드릴 때 반찬 갖추어서 식탁 차리잖아요. 똑같이 하세요. 입으로 아저씨란 말만 하지 말고 모든 행동을 옆집 아저씨께 하듯이 정중히 하세요. 그리고 열심히 배우세요. 예은이 할머니 강사를 하셔도 너무 잘 하실 것 같으세요. 봉사를 하시면 더 좋고요. 나이 들어서 나누며 살면 좋잖아요. 남편분보다 역량을 더 높이 쌓으세요. 자격증도 딸 수 있는 것 따고요. 강의 들으러 많이 다니고요."

그때부터 예은이 할머니는 정말 열심히 공부를 했다. 공부하는 게 이렇게 즐거운지 몰랐다며 자랑이 하늘을 찌른다. 공부에 집중하니 불안감과 불면증도 호전되었다. 정신과 약도 끊었다. 남편분을 옆집 아저씨처럼 정중히 대하니 마음도 편하고, 공부를 할 때 남편이 옆에 있어도 불편하지 않았다고 한다. 앞으로 자신의 37년 행복을 위해 이까짓 것 못하겠느냐 마음먹으니 의외로 부담이 없어졌다. 남편분이 예은이 할머니가 정중하게 변하니 놀라서 욕도 안 하고 완전히 딴사람이 되었다.

선순환이 시작된 것이다. 상대를 안 해주고 공부만 하니 심심했는지 남편분도 언제부터인가 공인중개사 시험공부를 시작했다. 학구파 두 명이 한 집에 사는 모양이 됐다. 모든 것은 내가 마음의 중심을 어디에 두느냐가 중요함을 또 느낀다.

3개월의 코칭이 끝나던 날 주차장에서 기다리는 남편분이랑 같이 오시라고 했다. 부부 상담을 마지막으로 하겠다고 하니 고맙다는 말과 알았다는 답이 돌아왔다. 예은이 할머니가 처음에 주뼛주뼛 들어온 것처럼 남편분도 예은이 할머니 뒤를 주뼛주뼛 따라 들어온다. 인사를 하고 앉아서 이런 저런 이야기 끝에 남편분께 먼저 말했다.

"선생님. 만약에 지금, 이 시간이 선생님이 죽기 딱 하루 전이라 생각하고 지금의 선생님의 모습을 본다면 자신에게 뭐라고 말할까요?"

잠시 고개를 숙이고 생각하다 말한다.

"병신 같은 놈이라 하겠지요. 마누라 잘 나서 잘난 척 할까봐 짓눌렀고 도망갈까 봐 무섭게 하고 사람들 앞에서 가증 떨고 그렇게 살았으니까요. 그렇게 해서라도 집사람만 옆에 있으면 된다고 생각한 바보라고 말할 거예요."

눈물을 훔친다. 옆에서 예은이 할머니도 이야기를 들으며 하염없이 손수건으로 눈물을 훔친다. 옛날에 대화가 부족한 부부의 모습을 답습하고 계셨던 듯하다. 힘으로 누르면 된다는 생각 말이다.

"예은이 할머니 지금, 이 시간이 예은이 할머니 죽기 딱 하루 전이면 지금 자신의 모습을 본다면 자신에게 뭐라고 말할까요?"

"말도 못 하고 평생을 억울하게만 살아온 바보라고 하겠지요. 사랑해서 결혼했어도 남편 마음도 몰라주는 바보천치라고도 할 거 같아요. 이야기 듣고 보니 남편에게 미안해지네요. 나만 억울하고 고생하고 미움받는다고 생각하고 살았는데 나를 사랑하는 방법을 몰라서 그런 남편을 죽일 생각까지 했으니까요."

자 두 분, 지금이 죽기 한 시간 전이예요. 상대방에게 서로 해줄 말을 한번 해볼까요?

"여보 내가 무식해서 당신이 도망가면 어쩌나, 나를 무시하면 어쩌나만 생각하고 당신을 평생 괴롭히기만 했어. 정말 미안하오. 정말 사랑하오. 진작 알았더라면 더 행복하게 살 수 있었을 것을 후회되오."

"여보 당신의 마음을 진작 알았더라면 나도 당신한테 더 잘해 줄 것을, 많이 미안해요. 다음 생에 만나서는 정말 잘 살아봐요. 잘 가요."

정말로 죽기 한 시간 전인 것처럼 애달프고 애달프게 마주보고 두 손을 잡고 놓지도 못하고 운다. 60대 중반의 눈물이

20대 열정의 눈물보다 뜨겁다.

작년 가을부터 예은이 할머니는 열심히 남편과 봉사단체에 들어가 봉사도 다닌다. 강의도 조금씩 다니기 시작했다는 소식을 전해 왔다. 가끔 아주 가끔 잊을만하면 한 번씩 카톡으로 잘 있다는 소식을 전해주신다. 상담사와 내담자의 관계를 종료하고, 서로를 응원하는 인생의 지지자가 되었다.

우리는 우리의 마지막 모습과 소통을 했을 때 드디어 지금의 내 삶을 제대로 들여다보는 힘이 생긴다. 후회의 마음을 남기지 않는 방법, 잘 사는 방법은 언제나 나의 마지막 모습, 죽음과 소통하는 방법이다.

06

오늘의 행복을 즐기자

하늘이 높은 오늘 아침 오래된 친구에게 전화가 왔다. 갑자기 보고 싶어 충주에 오겠다고 한다. 만사 제쳐 놓고 오라고 했다.

여고를 졸업한 스무 살, 아버지에게 쌍화차 한 잔에 내 대학을 마셔버리고, 새한 미디어라는 비디오테이프 만드는 회사에 취업을 했다. 주·야간으로 12시간씩 하는 단순 현장 작업이었다. 전국에서 고등학교를 졸업한 아이들이 많이 와서 또래들도 많았다.

기숙사 생활은 내가 해보지 못한 환경이라 재미도 있고 힘겹기도 했다. 사감 선생님과 부 사감 선생님은 우리가 고향을 떠나와 외로울까 봐 자상하게 잘 다독여 주었다. 기숙사도 사람 사는 곳이니 별일이 다 있다. 자기 물건을 찾을 때는 매일 옆 사람에게 묻는 사람도 있고 청소시간이 되면 바람처럼 사라지는 사람도 있었다.

한 방에 5명이 같이 생활했는데 우리 방은 두 명이 동갑이고 세 명은 언니들이었다. 언니들은 우리를 종 부리듯 했다. 꼼짝하기 싫어하는 세 명의 공통점이 있다. 그중에 동갑 친구인 5남매의 맏이인 화경이는 기숙사에서도 맏이 노릇을 했다.

"오늘 청소하는 날이니까 낮 근무 마친 사람은 정리 정돈 및 쓸고 닦는 것 하고, 야간 근무조는 쓰레기를 버려 주시면 될 것 같아요."

말은 이렇게 했지만 결국 화경이 혼자 그 모든 일을 다 한다는 건 우리 모두 알고 있었다. 12시간을 일하고 기숙사에 오면 내 몸 하나 씻는 것도 귀찮을 때가 태반이니까 말이다. 정말 뺄질대는 언니들이랑 같이 생활하는 조직 생활은 나랑 맞지 않았다. 난 석 달의 회사 생활 끝에 퇴사를 했다.

삼 개월 치의 월급과 회사 창립일 보너스를 받아 무전여행을 한 달 다녔다. 바람막이 점퍼 칼라 지퍼에 비상금을 숨기고, 동해안의 강릉에서 삼척으로 정동진으로 하염없이 밤새 수박 한 통 사서 맥가이버 숟가락으로 퍼 먹으며 걷고 또 걸었다. 낮에는 역 대합실에서 잠을 자거나 모자를 앞에 놓고 구걸도 하곤 했다. 밤에 걷는 게 힘든 날이면 중국집에 가서 자장면 한 그릇 얻어먹고, 홀 청소 해주고, 키가 작은 관계로

의자 세 개 붙여서 잠자리를 마련하곤 했다.

아침에 집에 전화하고 저녁에 전화하고 하루에 두 번 엄마
랑 통화했다. 그 시절에는 핸드폰이 없었으니 그것으로 족했
다. 부모님은 다행히도 나를 믿어 주셨고 항상 건강하게 다니
라며 응원해 주셨다. 아무 걱정 없이 용감하게 무전여행을 한
달씩이나 할 수 있었던 원동력이었다.

화경이와의 짧은 회사 생활 3개월의 인연이 35년째 이어오
고 있다. 매일매일 소식을 주고받지 않아도, 자주 만나지 않아
도 언제나 반갑고 좋은 친구다. 인간관계 심리학에서 스무 살
이 넘으면 평균 7년에 한 번 씩 관계정리를 한다고 한다. 그
오랜 세월 꾸준히 잘 이어오는 관계인 걸 보면 우리는 참 좋
은 관계임은 분명하다.

화경인 동생들 공부시키고 결혼시키느라 청춘을 다 보냈다.
물론 사랑하는 사람도 있었지만 결혼은 물 건너갔다. 동생들
은 결혼해서 살기 바쁘니 미혼인 친구가 부모님을 부양하는
처지가 되었다. 얼마나 알뜰한지 옷 하나 메이커로 사 입는
일도 없고, 주방세제인 퐁퐁은 다 쓰고 나면 거꾸로 세워 한
방울까지 쓰는 절약이 몸에 배었다.

동생들 공부 가르치고 결혼시킨 것을 훈장으로 여기는 친
구, 부모님의 15년 병간호를 감사함으로 생각했던 친구. '사람
이 어떻게 저렇게까지 희생할 수가 있지?'라는 생각이 들 정

도로 희경인 스스로의 삶이 아닌 가족을 위한 시간으로 살았다. 대단하다고 할 수도, 안쓰럽다고 할 수도 없다.

이제 부모님도 다 떠나시고, 동생들은 자기들 살기 바빠 화경이를 쳐다봐줄 여유가 없다. 외로울 법도 한데 화경인 항상 바쁘다. 동생들 챙겨줄 반찬 만드느라, 조카들 등록금 마련해 주고 싶어서 말이다. 나중에 조카가 자신의 제사를 지내 줄 거라서 그렇단다. 화경이 몸의 DNA 중 스스로에 대한 것은 삭제된 듯하다.

"나는 나중에 행복해지면 되지."

나중이란 단어가 과연 있을까? 난 만날 때마다 잔소리를 한다.

"동생 조카 다 필요 없고 내일의 행복을 위해 오늘 너의 행복을 포기하지 마. 우리가 내일 죽을지 모레 죽을지 어떻게 알아. 지금 이 순간 너 좋아하는 것 하면서 행복하게 살아."

"재수 없게 넌 만날 때마다 죽는다는 소리를 하더라. 난 안 죽을 거니까 걱정 마."

이런 실랑이 아닌 실랑이를 종종 하던 관계였다. 끝이 없는 실랑이지만 수도 없이 반복했다.

드디어 화경이한테 애인이 생겼다. 연애를 찐하게 시작한 것이다. 생전 안 하던 얼굴에 팩을 붙이고 마사지도 받으러 다니고 꽃무늬 원피스 입은 사진도 찍어 보내줬다. 우리 나이에도 연애를 하면 이렇게 예뻐지는구나 하는 생각이 들 정도로 너무 아름답다.

"화경아. 너 진짜 예쁘다. 역시 사람은 연애를 해야지 인생이 살맛 나는 거야."

"그런가 봐, 보이는 것마다 다 너무 좋고 아름답다."

어찌 세상이 핑크빛이 아니겠는가? 이런 화경이에게 걸림돌이 생겼다. 동생들과 조카들의 반대였다.

"누나 50이 넘어서 무슨 연애야. 누나 조금 있는 돈도 다 사기당할 수 있어. 연애하지 마."

"언니 주책도 아니고 무슨 연애야. 우리 아이들이나 바라보고 살면 되지."

"고모 저는 고모부 원하지 않아요. 고모면 충분해요."

참 이기적이다. 여고 졸업 후 30년이 넘는 동안 동생들이 해야 할 부모님까지 다 모셨었고, 고생이란 고생은 다 했는데 누나의, 언니의, 고모의 행복한 모습이 왜 싫을까? 아마도 자기들에게 돌아오는 콩고물이 줄어들기 때문일 것이다. 말로는 위하는 척하지만 속은 자신들의 이득이 줄어드니 핏대를 세우고 반대를 하는 것이다.

"화경아 결혼은 너의 선택이지만 너의 행복만큼은 주위에 어떤 것에도 영향을 받지 마라. 너의 인생이지 주위 사람들의 인생 아니야. 오늘 이 순간의 행복을 즐기자. 이 순간이 모여 너의 삶이 되는 거야. 행복한 삶이란 먼 미래에 죽지 않을 것처럼 영원히 있는 게 아니라 오늘의 행복을 즐기는 사람이 진정한 행복을 가진 사람이야. 난 너의 어떠한 상황이 됐든, 선택이 됐든 응원할 거야."

"형숙아 고마워. 정말 가족들한테 너무 서운했는데 친구인 너에게 위로를 받는다. 이제부터라도 내 행복을 위해서 잘살 아 볼게. 좋은 소식 있으면 전해줄게."

2년여의 연애 끝에 오늘 친구는 청첩장을 가지고 보고 싶다 는 이유로 나에게 왔다. 옆에는 수염이 덥수룩한 애인의 손을 잡고 왔다. 행복해 보인다. 나이 들어서의 만남이니 더 많이 사랑하고 더 많이 아껴주는 모습들이 보기 좋다. 이제 부부의 연으로 살아갈 친구가 말한다.

"네가 만날 때마다 죽는 건 시간이 정해진 것이 아니니 지 금 행복해지라는 말 이제는 정말 실감해. 네 말이 맞아. 이 사 람과 만나면서 정말 행복하고, 시댁 식구들도 내가 고생하고 살았다고 항상 이 사람보다는 나를 먼저 챙겨, 가식적으로가 아니라 진심으로 대하는 게 느껴지니 내가 더 잘 해야겠다는 생각을 하게 돼.

그럼 이 사람은 잘 하지 말고 그냥 할 수 있는 만큼만 하라 고 해. 너 말고는 아무도 나한테 이런 말을 해준 사람이 없었 는데 이 사람이 처음이야. 독신주의였던 이 사람이 결혼한다 고 시댁 식구들은 나를 구세주처럼 여겨. 너무 감사하지. 이 사람은 나한테 그런 말을 했어.

부모님이 어려서 이혼을 해서 엄마에 대한 부정적 시각으로 여자에 대한 혐오가 있었다고 말이야. 또 여자들을 만나면 뭘

사달라는 여자들이 많았나 봐. 나랑 연애하는 동안 맨날 허름하게 옷을 입고 나와서, 결혼하면 알뜰살뜰 둘이 살자고 내가 매일 그랬거든. 그런데 결혼 날짜 잡고 처음 오픈하는데 깜짝 놀랐어. 일 안 해도 먹고살 정도의 부자였어. 그래도 우리는 일도 하고 봉사도 하고 알뜰히 살 거야. 내 돈이 아닌 것에 탐내지 않고. 우리 돈도 내 돈은 아니니까."

"화경 씨는 너무 욕심이 없어서 걱정이 돼요. 지금부터는 화경 씨 인생 제가 지켜주려고요. 하고 싶은 것, 배우고 싶은 것, 가고 싶은 곳 가면서 같이 나이 들어가면 좋잖아요. 봉사도 둘이서 많이 다녀요. 연애를 봉사 다니면서 한 거 같아요. 제가 그래도 참 잘 살았다는 생각이 들어요. 화경 씨를 만났으니까요.

우리 누나들은 화경 씨한테 무조건 잘하라고 해요. 그 정도로 누나들도 화경 씨의 인성을 알아본 거죠. 저희 아버지가 아직 생존해 계시는데, 화경 씨는 아버지를 집에서 모시고 살자고 하는데 제가 반대했어요. 우리는 늦은 나이에 만났으니 우리의 시간도 아깝다고요. 자주 찾아뵙는 걸로 하자고요. 누나들도 다 반대해요. 너희들 행복해지라고.

화경 씨랑 만나면서 형숙 씨 이야기 많이 들었어요. 굉장히 귀엽기도 하지만 여장부 같은 FM 친구가 있다고요. 살아가면서 왜 행복해야 되는지 세뇌하는 친구라고 하더군요. 너무 고맙고, 감사해요. 화경 씨에게 오랜 세월 비빌 언덕이 되어 주셔서요. 지금부터는 저희 소중한 오늘을 행복하게 즐기며 살게요. 스몰 웨딩에 꼭 와 주세요."

친구의 결혼 초대에 내가 더 설렌다. 한나절의 만남이었지만 행복한 결혼 생활이 될 것이라 의심치 않는다. 앞으로 인생의 동반자로서 나란히 손잡고 꽃길만 걸었으면 좋겠다.

매일매일 그날그날의 행복을 즐기며 사는 인생. 그것은 행복한 죽음을 위한 잘 죽는 최고의 방법이다.

07

내가 최고인 삶

(행복한 이기주의자가 되자)

춘분이 지난 3월의 중순, 이제는 해가 길어져 7시가 넘어도 노을이 붉게 남아있다. 강아지랑 산책을 다녀오다 본 하늘은 가로등과 어우러져 한 폭의 그림 같았다. 아름답다. 마음마저 남아있는 노을처럼 따뜻해진다. 돌아오는 길 친구에게 노을 사진을 카톡으로 보냈다. 친구의 탄성 어린 답장에 웃음이 피어난다. 일상생활 속에 감정을 느낀다는 것, 여유가 있다는 뜻이다.

친구는 1997년 IMF 외환위기 때 남편의 명예퇴직을 시작으로 생활전선에 뛰어들었다. 항상 집에서 쓸고 닦고 아이들 챙기며 홀시어머니 결혼하면서부터 모시고 전업주부로 살았던 친구에게는 어려운 생활이 시작된 것이다. 남편은 퇴직금으로 한 번의 일확천금을 노린다는 꼬임에 빠져 정선 카지노에서 몇 달을 살았다. 카지노에서 돈을 따는 사람은 흔치 않다. 아이들의 뒷바라지와 시어머니를 모시는 일은 온전히 친구의 몫이 되었다. 홈드레스 입고 우아하게 커피 내려 마시던 현모양처 친구는 이제 여장부가 되어 가정을 이끄는 생활 전사가 되었다.

아침에 눈을 뜨면 밥솥에 코드를 꼽고 아이들을 깨워 유치원에 보낼 준비를 한다. 시어머니 하루 종일 드실 음식을 만들어 차례대로 냉장고에 넣어서 한 번에 꺼내 드시기 좋게 요리해 놓는다. 음악을 틀어놓고 얼른 집 안 청소를 하고 건설회사 조그만 현장사무실에 출근한다.

말이 경리지 커피 심부름이며 청소, 건설현장 아저씨들 말상대까지 해줘야 한다. 당연히 서류작업은 친구가 완벽히 해야 되는 건 마땅하다고 여기는 곳이었다. 저녁에 퇴근 후에는 친구가 하는 호프집 주방에서 과일 안주나 설거지를 해야 하는 아르바이트를 새벽 한 시까지 하는 고단한 생활의 연속이었다.

"형숙아 나 이러다 힘들어 죽을 거 같다. 죽지도 못하겠다. 죽을 시간이 없다. 이 인간은 있는 돈 다 가지고 나가고 그것도 모자라 애들 교육보험까지 다 해약해서 나갔다."

"너 힘들어서 어떡하니? 몸은 괜찮아? 힘들면 병원에 가서 수액이라도 맞으면서 일해. 일을 하나 줄이든지 해야지 힘들어서 어떡해."

"나 힘든 건 괜찮은데 어머님이 아무래도 치매인 것 같아. 자꾸 집에서 안 하던 행동을 하셔. 아이들도 너무 불쌍해. 남편은 아예 전화도 안 받아. 나 어떡하니?"

"휴가를 내고 남편을 찾아오든가 해야지 어떡하려고 그래?"

친구는 하루하루를 살아가는 게 아니라 버티고 있는 것이었다. 죽을 시간이 없어 죽지 못한다는 말을 할 만큼 숨 막히는 시간을 이겨내고 있었다.

계절이 두 번 바뀐 7개월 후 친구의 남편은 노숙자의 모습을 하고 집으로 돌아왔다. 친구는 집으로 돌아와 준 것만으로도 감사해서 남편을 극진히 대했다. 옆에서 지켜보는 친구들은 열통이 터졌다. 친구 남편은 집에서 살림을 시작했다. 친구는 맘 놓고 밖에서 열심히 일했다. 아르바이트를 아침까지 두 개를 하고 새벽에 잠깐 들어와 2~3시간 눈 붙이고 다시 일하러 나갔다.

힘든 내색 없이 언제나 싱글벙글하는 친구를 보며 남편에 대한 사랑을 인정할 수밖에 없었다. 친구 남편은 집에서 어머니와 아이들을 돌보며 공부를 시작했다. 아는 분의 소개로 큰 회사의 경력사원으로 들어갔다. 친구도 충주를 떠나 남편이 있는 곳으로 이사를 갔다. 한번 바닥을 쳐 본 사람들은 가정의 소중함을 안다. 애착의 정도가 강하다. 친구도 그렇다. 남편과 아이들과 시어머니에 대한 애정의 강도가 심하다 못해

집착이 되었다.

매번 남편이 도박에 다시 빠지지 않을까 노심초사했고, 시어머니의 치매 증세가 더 심해질까 봐 불안해했다. 아이들이 도시에서 다른 아이들보다 뒤처질까 봐 안절부절못했다. 이런 상황들이 친구의 마음을 아프게 만들었다.

모든 불안을 다 갖고 힘들어하던 친구는 급기야 우울증 약을 복용하기 시작했다. 약을 먹고 하루 종일 비몽사몽 소파에 누워있다가 아이들이 오면 간신히 움직였다. 남편이 퇴근하면 도박하고 오지 않았는지 양복 주머니며 바지 주머니를 뒤지기 시작했다. 결국 시어머니는 요양병원으로 옮겨졌고 친구의 병세는 죄책감으로 더 깊어져만 갔다.

요양 차 친정 언니 집으로 친구가 혼자 내려왔다. 매일 심심하다며 나를 쫓아다녔다. 눈만 뜨면 정신없이 바쁘게 자동차 서비스 출동을 돌아다니는 나를 보고 친구는 자기의 우울증이 사치처럼 느껴진다고 했다.

"네가 아픈 건 사치가 아니야. 네 마음이 진짜로 아픈 거야. 마음을 다독여 주어야지."

"나도 한때는 정신없이 힘들어 죽겠다는 말을 하면서도 행복했던 때가 있었는데, 지금은 시간적 여유가 있어도 몸도 마음도 더 많이 아프고 행복하지가 않아."

"네 마음을 잘 들여다봐. 네가 왜 힘든지도 생각해봐. 남편도 아이들도 다 잘 지내. 네가 생각하는 것보다 그들은 다 자기 자리에서 열심히 잘살고 있어. 이제는 모든 걱정을 내려놓고 네가 행복한 걸 해봐. 네가 행복해야 남편도 자식도 눈에 들어오는 거야."

"그렇게 하고 싶은데 자꾸 걱정이 돼서 불안해."

"일단 네가 좋아하는 것이나 배우고 싶은 것, 아니면 봉사라도 해봐. 너 스스로 너를 인정해 줄 수 있을 때 네가 행복하다는 걸 느낄 수 있어. 네가 아프면 좋아할 사람 아무도 없어. 긴병에 효자 없다고 가족도 부담스러워해. 너의 시어머니너도 많이 힘들어했잖아. 세상에서 가장 이기적인 사람이 가장 행복하다는 말도 있어. 아이들도 남편도 내가 없으면 다 필요 없는 존재들이라는 철저한 이기주의자가 돼 보는 것도 좋을 것 같아."

그날 밤 친구는 보따리를 싸서 서울 집으로 돌아갔다. 남편과 아이들을 앉혀 놓고 이제까지 가족 위해 열심히 살았으니 지금부터는 내 맘대로 하고 싶은 대로 살 거라고 선전포고를 했다. 가족들은 친구를 응원해 주었고 친구는 홈패션-재봉틀을 배우기 시작했다.

자원봉사 센터에서 독거노인이나 필요한 분들에게 옷을 만들어 주거나 앞치마를 만들어 나누어 주곤 했다.

그 외에도 봉사를 열심히 하다 보니 친구에게 배우고 싶다는 사람들도 생겨 사람들을 소그룹으로 가르치기도 하면서 정말 행복한 자신을 찾아갔다. 친구는 가끔 나에게 말한다.

"형숙이 네가 나한테 가장 이기적인 사람이 가장 행복하다는 명언을 준 것은 내 삶의 터닝포인트였어."

여유 있는 생활이 쉬운 일은 아니다. 항상 무언가를 해야 하는 상황들이 벌어져 있기 때문이다. 안 하면 불안한 강박 증세까지 생기는 일은 허다하다. 다만 내가 어떻게 해석하고 어떻게 받아들이느냐에 따라 내 삶의 방향성이 달라진다. 내가 여유가 있을 때 주위의 모든 것이 눈에 들어오는 것이다. 오늘처럼 늦저녁 노을을 바라보는 틈새의 여유조차도 마음의 여유에서 생긴다.

내 인생 최고의 삶, 그것은 가장 이기적으로 가장 행복하게 가장 잘 사는 것이다. 가장 행복한 이기주의자가 되자.

제5장

생명존중과 호스피스

01

생명 나눔 실천

작년 겨울 방송을 보다가 동원이의 이야기를 알게 되었다. 9살 최동원. 집안의 막내이자 귀염둥이인 동원이는 어느 날 사고를 당했다. 깊은 잠에 빠져 있는 동원이의 몸에 붙여 놓은 장치를 빼면 너무 평온한 얼굴이다. 붙임성 많고 활발했던 동원이는 뇌사상태라고 병원에서 말한다. 살아날 가능성이 없다고 했다.

어떻게 해야 할까? 동원이 아빠는 막막해했다.

"아무래도 하루아침에 있던 아이가 갑자기 없어지니까 받아들이기가 너무 힘들었죠. 의사 선생님께서 이미 뇌사가 진행 중이라고 말씀을 하시지만, 제가 볼 때는 손가락이 조금씩 움직이고 숨 쉬고 있는 것 같고 자는 것 같고, '아이고 수술하고 나면 내일이면 또 눈 뜨겠지.' 이런 생각도 했었어요.

　사실은 의사 선생님도 처음 수술할 때부터 가망은 없다고 말씀하셨어요. 그래도 내 자식이니까 깨어날 거라고 처음에는 믿었어요."

　중환자실 면회시간, 할아버지는 동원이에게 할아버지가 왔다고 얼굴을 만지며 손자에게 인사한다. 미동도 없는 동원이다. 가족들의 인사가 이어진다. 엄마는 동원이의 손을 쓰다듬고 쓰다듬으며 마지막 이별 뽀뽀를 한다. 가족들은 동원이의 발과 몸을 만지며 애절한 마지막 인사를 나눈다.

　"먼저 가서 잘 자리 잡고 있어. 사랑해."

　이어 온 가족은 대성통곡을 하며 눈물 속에 중환자실을 나온다. 동원이 할아버지는 아들을 잃은 동원이 아빠인 아들의 대성통곡을 달랜다.

　"이게 운명일세, 자네하고 작은애하고는 이게 운명이야."

　받아들이라는 말에 동원이 형이 아빠에게 다가와 안겨 위로해 준다. 서로가 서로를 위로하며 마지막 면회시간을 마쳤다.

　"마음먹기가 참 힘들었어요. 근데 혼자서 동원이 앞에 앉아서 생각을 많이 해 보고 했는데, 그래도 이왕 어차피 짧은 기간이었지만 살다가는 그런 상황에서 허무하게 그렇게 가는 것보다 동원이의 뭔가를 남기고 가야 되지 않겠나 그런 생각도 들었어요."

중환자실에서 동원이는 수술실로 옮겨 가려 나왔다. 가족들은 이제 진짜 마지막인 동원이를 슬픔 속에 수술실로 배웅했다. 수술이 이루어지는 순간에도 엄마는 바닥에 주저앉아 대성통곡을 하고 가족 모두 동원이의 지금 현실이 믿기지 않아 울고 또 울었다. 동원이 아빠는 울고 울어 눈물이 말라버린 얼굴로 수술실만 멍하니 바라보고 있다. 9살 동원이는 어린이 8명의 생명을 구하고 하늘나라로 갔다.

장례식이 끝나고 동원이 엄마는 제작진에게 문자를 보냈다.
'장례도 많은 분들의 관심과 격려 덕에 무사히 마쳤습니다. 동원이의 마지막이 너무 아름다워서인지 슬픔도 훨씬 덜하고 정말 기증은 백 번을 다시 돌아간다 해도 잘한 선택이었다는 생각이 들어요. 이런 뜻이 여러 사람에게 전달되면 좋겠네요.'

밝은 모습으로 웃는 모습의 동원이 사진이 화면 전체에 나왔다. 동원이의 명복을 비는 마음으로 기도를 했다. 한 아이가 고귀한 8명의 친구를 살리고 떠났다. 짧은 시간의 삶이지만 어디선가 살고 있을 동원이에게 힘찬 박수를 보내는 마음이다.
동원이 할아버지가 아들을 위로하는 장면에서는 만약 내 아들이 아들을 잃었을 때 나는 어떤 위로를 해 줄 수 있을까? 라는 생각도 들었다. 동원이의 생명 나눔에 온 가족이 찬성을 했다. 쉽지 않을 일이다. 예전 어르신들은 화장하는 것조차 두 번 죽이는 일이라고 반대를 했었는데, 시대가 변했다 해도 생명 나눔은 쉽지 않은 일이다.

내 지인 중에는 선천성 심장병으로 중학교까지 체육 시간을 한 번도 참여하지 못한 아이가 있었다. 부모님은 백방으로 아이를 위해 병원에서 원하는 만큼 수술도 했고, 유명한 외국병원까지 다녀왔다.

집안에 모든 중심은 아이를 위해 움직였다. 할머니 할아버지까지 3대 독자인 손자를 위해 백방으로 뛰어다녔다. 이식밖에는 방법이 없다는 의사의 말에 아이의 엄마는 증여자가 나타날 때까지 지금의 상태만 유지하게 해달라고 얼마나 새벽기도를 다니며 빌고 또 빌었는지 모른다.

아이가 중3 겨울 방학일 때에 자전거 타고 길을 건너던 대학생이 교통사고를 당해 뇌사상태에 빠졌다. 대학생의 부모는 평소 아들이 장기 기증 의사를 밝혔고 그것을 이행했다. 지인분의 아들은 드디어 심장이식을 받았다. 처음에는 무균실에서 시간을 보냈고, 힘든 시간을 보냈지만 그것 또한 생명을 나누어준 대학생에 대한 감사함으로 묵묵히 견뎠다. 아이는 말했다.

"나에게 생명을 나누어주고 간 형의 몫까지 내가 잘 살아야 해서 지금부터는 나 혼자만의 삶이 아니라 형의 몫까지 열심히 살 거야. 내가 힘들 때마다 나에게 심장을 나누어주고 간 형을 생각하며 잘 견디며 살 거야."

3대 독자 아이는 텔레비전에서만 보던 농구도 축구도, 청소년이 누릴 수 있는 활동도 열심히 한다. 봉사도 열심히 다닌

다. 주말이면 보육원 아이들과 놀아주기도 하고 공부도 가르쳐주는 의젓한 청년이 되었다.

할머니 할아버지도 이제 죽어도 여한이 없다고 할 만큼 기뻐했다. 손자와 함께 보육원 봉사를 같이 다니시며 받은 만큼 돌려주지는 못하더라도 얼마 남지 않은 인생 조금이라도 나누며 살고 싶다고 한다. 며칠 전 엄마랑 같이 내 사무실을 방문했다. 이제는 멋진 아름다운 청년이 된 아이는 나한테 씩 웃으며 말한다.

"아줌마 이제 전 맘껏 뛰어다닐 수 있어요. 자전거도 타고 킥보드도 타요. 바람을 맞으며 달려갈 때는 내가 살아 있다는 감사함에 가슴이 뭉클해요."

"달릴 수 있는 게 그렇게 좋아?"

"그럼요. 고1 때 처음 체육 시간에 친구들과 나란히 운동장에 서 있는데 눈물이 폭포수처럼 쏟아졌어요. 나도 이렇게 친구들과 체육 시간을 같이 수업받을 수 있다는 감격이오. 저도 나중에 생명 나눔 할 거예요. 걸어 다니고 뛰어다니는 게 평범한 일상일지 모르지만, 저 같은 심장병 환자한테는 부러움과 꿈의 생활이거든요.

저는 지금 나에게 생명을 나누어준 형 덕분에 이렇게 행복한 생활을 하고 있잖아요. 저도 누구에겐가 행복을 주는 사람이 되고 싶어요. 마음으로든 물질적으로든 육체적으로든 도움이 되고 싶어요."

고귀한 생명 나눔으로 행복을 찾고, 그 행복을 나누는 우리는 아직은 살 만하고 살 가치가 있는 세상이다. 웰다잉은 나 혼자만의 삶이 아닌 나누는 삶, 생명 나눔도 큰 자리를 차지할 것이다.

02

장기 기증이란

인터넷에 따르면, 장기 기증이란 장기이식을 받으면 살 수 있는 말기 장기부전 환자에게 자신의 장기를 나누어 줌으로써 생명을 살리는 것을 말한다.

살아가다 보면 뜻하지 않은 사고로 인해 다치는 일은 많다. 하지만 뇌사에 빠지는 일은 흔치 않은 일이다. 가족들 같은 경우는 마른하늘에 날벼락이란 표현이 맞을 것이다.

아이 콘택트라는 프로를 보다가 4년 전 미국에서 딸을 떠나보낸 유나 엄마의 이야기가 나왔다. 등굣길에 마주 오던 과속 차량에 사고가 나서 깨어나지 못하고 뇌사 판정을 받은 고 김유나 양. 꿈을 위해 떠난 곳에서 예기치 못한 불행이라 부모님은 더욱더 마음 아파했다.

참 착하고 밝은 아이. 매사에 적극적인 아이. 18살 유나는 영상편지를 보내며 엄마에게 말했다.

"힘들어도 웃음이 안 나와도 웃고 사시길 바랍니다. 스마일." V자를 그리며 보낸 영상이다.

유나가 바닷가에 간 것도 모르고 혼낸 것이 마음 아파 바닷가에 와서 유나 또래의 아이들을 보면 못 해 준 것만 생각난다며 눈물짓는 유나 엄마. 딸과 함께한 추억들이 떠오른다. 사고 나기 전 드레스 구경한다고 옷가게 돌아다니면서 입어보고 사진 찍고 즐거운 시간을 보낼 때 유나가 엄마한테 말했다고 한다.

"드레스 하나 사 주면 안 될까요?"

"그냥 언니들 것 빌려 입어라. 한번 입을 건데 뭐 하러 사니?"

'사 줄걸……' 한이 되었다.

생전에 사 주지 못한 드레스를 장례식 때 죽어서야 딸의 소원인 드레스를 입혀준 미안함에 눈물짓는다. 유나는 떠났지만 딸을 그리워하는 일이 일상이 되어버린 엄마, 유나가 떠난 후 가족관계증명서를 떼보니 사망으로 되어 있어서 현실을 부정하고 싶은 마음을 더욱 아프게 한다.

유나의 11살 일기장에는 하느님의 도우미로 살고 싶다는 내용을 보고 부모님은 장기 기증을 결정했다. 사실 장기 기증은 가족들에게, 특히나 부모님들에게는 더욱더 힘든 결정이다. 뇌사란 의학적으로는 아직 살아 있는 상태이기 때문이다.

딸을 대신해 장기 기증을 선택한 가족. 이게 최선의 선택인 것 같다는 생각은 수술실에서 나오는 모든 장기를 다 적출한 유나를 보는 순간, 보고 싶지 않은 모습을 본 순간, 엄마는 유나의 아기 때의 모습을 순수한 어린 마음으로 욕심 없이 돌아가는 건가? 라는 생각이 들었다고 한다.

만약 엄마 아빠의 장기 기증의 선택이 잘못되었다면 꿈에라도 나타나 이야기해 달라고 기도했던 유나 엄마. 비록 유나의 마음을 알 수 없지만 부모님의 결정에 잘 했다고 했을 거라고 믿는다.

장기 기증 서약서에 서명을 한 뒤 소중한 선물을 받은 사람들의 감사편지.

(우리나라는 현행법상 장기 기증인 가족과 이식인의 교류가 금지되어 있지만, 미국에서 장기를 기증한 유나의 가족은 이식인들과 간단한 서신이 가능했다) 유나의 장기와 조직을 받은 27명에게서 받은 편지들을 잘 보관하고 있다.

유나의 왼쪽 신장과 췌장을 받은 19세 소녀 킴벌리를 보고 싶다. 유나와 비슷한 나이고 한번 만나서 유나를 느끼고 싶고 어떤 모습으로 살고 있는지 궁금함에 아이 콘택트에 신청했다고 한다.

'안녕하세요. 저는 유나의 신장과 췌장을 이식받은 19살 킴벌리입니다. 유나 덕분에 제1형 당뇨가 완쾌됐고, 어릴 때부터 꿈도 못 꿨던 초콜릿도 먹을 수 있게 됐습니다. 감사합니다-킴벌리 편지 중.'

마침내 아이 콘택트에서 킴벌리와 킴벌리 엄마를 만나게 된 유나 엄마, 킴벌리는 처음에는 기증자를 알려주지 않아 몰랐는데, 나중에 한국의 또래 소녀 유나가 기증해주었다는 말을 듣고 알게 되었다. 수술 이후 모든 게 다 좋아졌다는 킴벌리의 말을 유나 엄마는 흐뭇하게 듣고 있다.

킴벌리 엄마에게 묻는다.

"어렸을 때부터 킴벌리가 아파서 간호하면서 힘들었을 텐데 심정은 어떠셨나요?"

"많이 고통스러웠어요. 두 살 때 당뇨 진단을 받았고 그 이후 딸은 고통스러워했고 옆에서 보는 나도 많이 힘들었어요. 세 종류의 인슐린 주사를 매일 세 번씩 식전에 투여해야 했어요. 당뇨 때문에 사탕을 못 먹었는데 어린 킴벌리는 왜 나는 사탕을 못 먹지? 왜 주사를 맞아야 하지? 많이 힘들었어요."

"참 고생 많으셨네요. 건강한 모습 보니까 너무 좋아요. 마음껏 초콜릿을 마음껏 먹었다는 편지 받고 너무 흐뭇하고 좋았어요. 제가 꼭 유나를 보는 듯한 느낌이 들어요. 킴벌리의 웃는 모습을 보니 유나의 모습과 많이 닮고 유나를 느껴서 좋아요."

"저에게서 유나를 보신다니 정말 기쁘고 행복해요. 열 배는 더 행복합니다."

"4년 전 장기이식을 받기 전에는 장담할 수 없는 일이었죠. 어머니와 유나 덕분에 제 딸이 살 수 있었어요. 그리고 어떻게 이 빚을 갚아야 할지 모르겠어요. 유나 어머니는 딸을 잃고 제 딸을 살렸으니까요."

킴벌리 엄마의 진심 어린 눈물의 감사 인사에 유나 엄마는 킴벌리 가족에게 부담이 될까 애써 밝은 미소를 지어 보인다. 서로에게 느껴지는 고마움과 미안함이 교차한다. 유나의 장기 기증을 후회하지 않느냐는 킴벌리 엄마의 질문에 유나 엄마는 답한다.

"유나 보내고 몇 달 후에 저도 장기 기증 서약했어요."

딸 같은 킴벌리를 보며 아프지도 말고 미안해하지도 말아라. 이제는 유나가 선물로 준 것이니 킴벌리 자신의 것이다. 아끼고 사랑하며 살았으면 좋겠다는 유나 엄마의 부탁과 유나를 느낄 수 있게 건강해진 킴벌리의 심장 소리 한 번 듣고 싶다는 부탁에 기꺼이 킴벌리는 심장 소리와 신장과 췌장의 위치를 알려주며 킴벌리의 생명으로 다시 태어난 유나를 느끼게 해준다. 4년 만에 가슴으로 만난 딸 유나. 유나의 꿈이 만든 기적이다.

장기 기증이란 이렇게 따뜻하고 감동적인 이야기를 만들어 내기도 하고 슬픈 이야기를 만들어 내기도 한다. 가족의 장기를 꺼냈다는 죄책감에 외상 후 스트레스 장애 진단을 받기도 한다. 장기 기증을 하고 수술실에서 나오면 냉정하게 시신을 알아서 처리하라는 병원도 있다.

수영장에 빠져 뇌사상태가 된 4살 아이의 부모는 장기 기증을 결정했다. 장기 적출을 끝내는 수술 후 수술실 밖에서 아이의 시신을 주며 가져가라는 말에 기가 찼다고 한다. 주차장까지 내려오지 않고 수술실 앞에서 인계해 줘서 아이를 울산에서 장례식장이 있는 당진까지 사비 65만 원을 들여 앰뷸런스에 아이의 시신을 데리고 내려오며 대성통곡을 했다. 장기기증할 때와 하고 나서의 차이에 장기 기증 가족들은 괜히 장기 기증했다는 후회를 하는 경우도 부지기수이다. 장기 기증의 안 좋은 인식도 이런 데서 연유되는 경우도 많다.

우리나라의 장기 기증이 가능한 곳은 79곳이다. 이 중에 한국장기조직기증원(KODA)과 협약을 맺은 병원은 49곳밖에 안 된다. 2009년 한국장기조직기증원이 창설되었다. KODA와 협약이 된 병원 49곳은 첫째 병원, 장례식장 등 동행. 둘째 주기적 전화 상담. 셋째 유가족 모임을 진행. 넷째 사회복지사 방문 상담과 사후 관리를 해 준다.

2009년 이전에 장기이식 수술을 하고 있던 30여 곳의 병원들은 비 협약 병원이다. 비 협약 병원은 유가족 관리 매뉴얼이 아예 없거나 제각각이다.

장기 기증의 필요성은 아직 인체 장기는 인공물질로 대체된 것이 거의 없다. 질병이나 사고로 인해 이식 대기자는 3만 명이 넘는다. 이식을 기다리다 하루에 5.2명씩 사망한다. 점점 늘어나는 추세이다. 기증자가 줄어들면서 사망자 수는 점점 더 증가하는 추세이다.

장기조직 기능 희망자 등록 신청서 작성은 먼저 KODA 홈페이지 방문해서 대국민 소통 사업단에 가면 할 수 있다. 이 글을 계기로 필자도 KODA에 가서 등록을 했다. 본인 인증을 거치고 나면 신상정보를 입력하면 끝이다. 기증희망 등록은 법적인 효력은 없다. 본인이 기증을 희망했더라도 가족의 동의 없이 시신을 가져가는 경우는 없다. 기증희망 등록을 했다면 가족이나 주변에 꼭 알려야 하는 이유이다.

장기 기증, 생명에서 또 다른 생명으로 아름다운 마침표인 장기 기증은 영원한 생명이다.

02

호스피스란

내 친구 경희는 사회에서 만난 친구이다. 사회 친구는 십년 지기라는 말이 있듯이 우리는 2살 차이에도 불구하고 서로 이름을 부르며 금방 친구가 되었다. 고지식한 나와 금방 만난 사람하고도 금방 친해지는 친화력 100%의 경희는 정반대의 성격 탓인지 모르지만 잘 맞았다. 자석의 N극과 S극으로 비교해도 될 듯하다.

35년 전만 해도 나이트클럽이 한창 유행이었다. 가수들이 나와서 노래를 하고 춤을 추면 스테이지로 나가 스피커를 끌어안고 무조건 흔드는 막춤을 추던 시절이었다. 뻣뻣한 나는 나이트클럽 가는 날이 힘 빠지는 날이지만 경희는 에너지 충전하는 날이었다. 밤새도록 놀다가 새벽 4시쯤 거리로 나와

해장국집에서 국밥 한 그릇 먹고 헤어졌다.

언니네 터미널 매점에서 일을 하던 나는 꾸벅꾸벅 졸면서도 가게를 봤지만, 경희는 이모 집에서 일하는데도 불구하고 늘 엎어져 잠을 잤다. 매번 경희 이모는 나에게 와서 경희 욕을 3절까지 하고 돌아갔다. 활발하고 쾌활했던 경희의 에너지를 못 따라갔다. 항상 나이트클럽을 동행할 수 없어 어쩌다 한 번씩만 같이 가곤 했다. 드디어 일이 터졌다.

경희가 나이트클럽에서 만났던 남자랑 하룻밤을 보내게 되었다. 얼마 후 임신이라는 청천벽력과 같은 소식이 전해졌다. 경희 엄마는 경희 이모에게 쫓아와서 조카 새끼도 제대로 못 봤다고 식당에 있는 빗자루로 엄청 팼다. 경희의 잘못으로 경희 이모는 속이 뭉그러졌다. 언니에게도 죽도록 맞은 것이다. 억울할 것이다. 당장 식당에 서빙 하는 사람이 없어졌으니 열통이 터질 일이다. 경희 엄마는 경희를 데리고 시골집으로 데려가 버렸기 때문이다. 경희는 시골집 가서는 입덧으로 인해 죽겠다고 매일 전화를 걸어왔다. 핸드폰이 없던 시절이었다. 언니네 가게 전화로 하루에도 몇 번씩 답답해 죽겠다는 경희의 전화는 나한테도 고문이었다.

간신히 나이트클럽에서 만나 하룻밤을 잤던 남자를 찾았다. 경희 아버지의 억지로 남자는 경희와 결혼을 했다. 경희네 동네 빌라에다 집을 얻어주고 결혼식을 하고 살림을 차렸다. 남편은 임신을 하고도 친구랑 어울려 다니는 경희를 못마땅해

했다. 매일 싸우는 날들이 연속이었고 경희가 아이를 낳고 백일쯤 되었을 때 남편은 말없이 집을 나갔다.

경희는 그때부터 정신을 차리고 누구보다 치열하게 아들을 위해 살았다. 알바도 하고 장사도 하고 보험영업도 하면서 모성이 얼마나 무서운 지를 보여주었다. 자신의 존재는 중요하지 않았다. 아들을 위한 것이라면 무엇이든 부족함 없이 키웠다. 절대 남자는 만나지도 않았고 하루하루 최선을 다해 살았다. 그사이 방송통신대학도 졸업하고 야간 대학원까지 마치는 학구파가 되었다.

영업 조직에서도 자리를 잡았다. 자기 관리도 철저했다. 남편이 떠난 후 술도 입에 대지 않았다. 아들을 위한 헌신은 정말 옆에서 보고 있는 나조차도 혀를 내두를 정도였다. 아들은 아빠를 닮아 인물이 정말 잘 생겼다. 성격은 엄마를 닮아 친화력이 얼마나 좋은지 완전 초등학교, 중학교, 고등학교, 대학교 회장을 맡아 놓고 했다.

친구 아들에게는 결손가정에 대한 선입견이나 단점이 없었다. '불가능'이라는 것과 타협하는 것이 아니라 진심을 다해 사람을 대하는 모습에 사람들의 편견을 없애주는 지우개 역할을 했다. 경희에게 아들은 인생의 훈장과 같은 존재였다. 그런 경희도 아들에 대해 서운한 것이 있었다. 결혼을 하지 않겠다는 비혼주의를 선언한 것이다. 아빠의 피가 흐르니 혹시라도 아빠처럼 무책임한 일을 되풀이할까 무서워 결혼을 안 한다는

것이다. 경희는 아들의 마음에 상처를 준 것 같다며 죄책감에
괴로워했다.

  아들의 나이 31살, 회사에 들어가 평범하게 잘 살아가고 경
희도 이제는 중년의 여유를 느낄 즈음인 51살. 전화가 왔다.

  "형숙아. 나 갱년기가 너무 심하게 오는 것 같아. 자꾸 잠도
못 자겠고 살이 빠져. 건강검진 받으러 가야 되는데 시간이
없네."

  "나라에서 해주는 무료 건강검진은 해야지. 아무리 바빠도
해봐. 갱년기 조심해야 되는 거 알지? 요즘 나도 더웠다 추웠
다 한다."

  "알았어. 우리 갱년기 잘 이겨내 보자."

  통화를 하고 서로 바쁘게 살았다. 6개월 후 친구 아들에게
울음을 꾹꾹 누르며 전화가 왔다.

  "이모, 엄마가 많이 아파요. 엄마가 아파요. 아파요……."

  "왜? 어디가 아픈데? 너희 엄마 너 장가 안 가서 아픈 거
아니니?"

  가슴은 철렁해서 놀란 마음이지만, 짐짓 밝은 목소리로 농
담 섞인 목소리로 말을 했다.

  "엄마가 회사에서 쓰러졌는데 간암 말기래요. 엄마 몸무게
가 자꾸 빠져서 다이어트 된다고 좋아했었는데 다이어트가 아
니라 아픈 것이었어요. 이모, 나 어떡해요?"

  머리가 하얗고 땅바닥에 주저앉았다. 옆에 있는 책상을 잡

고 일어서려 해도 다리에 힘이 안 들어가 일어설 수가 없다. 이제 살 만한데 왜 지금 아프냐며 나도 모르게 앉아서 통곡을 하고 말았다. 누구보다 경희의 삶을 잘 알고 있는 나는 세상이 원망스러웠다.

친구를 찾아갔을 때 경희는 뼈만 남은 앙상한 몸과 누런 황달로 복수가 가득 찬 배를 내밀고 나를 맞아 주었다. 사람이 아프다고 해도 어떻게 이렇게까지 변할 수가 있을까? 경희 아들은 내가 들어섬과 동시에 눈물바다다. 아예 엉엉 소리를 내며 어깨를 들썩이며 운다. 경희는 누런 얼굴로 하얀 이를 보이며 웃는다.

"형숙아. 나 괜찮아. 우리 아들 좀 어떻게 해봐라. 어쩜 저리 애기처럼 그러는지 모르겠다. 내가 어려서 잘 못 산 벌 받는다고 생각하니 마음은 편해. 아들이 가정을 꾸리고 살면 소원이 없겠는데 내 죄로 우리 아들이 결혼을 안 한다고 하니 내가 미안한 마음뿐이지 뭐."

"경희야. 네 아들은 잘 살 거야. 네 걱정이나 해."

"아니 이제는 내가 얼마 남지 않은 걸 알아. 이번 주 호스피스 병동으로 옮길 거야. 네가 예전에 나랑 이야기할 때 그랬잖아. 나중에 손쓸 수 없을 정도로 아프면 미련 맞게 참지 말고 호스피스 병동 가라고, 아프지만 않으면 그나마 참을 수 있을 거 같아. 미안한데 부탁이 있어. 우리 아들이랑 밥 한 번만 먹어줄래? 네가 엄마처럼 이것저것 챙겨서 밥 좀 먹여줘.

나보다 우리 아들이 먼저 죽게 생겼다. 부탁해."

아들을 데리고 병원 앞 식당으로 들어갔다. 백반을 앞에 놓고 마주 앉은 경희 아들은 또 운다.

"이모, 난 엄마 속 썩인 것만 생각나요. 우리 엄마 불쌍해서 어떡해요? 지난주 처음으로 아빠라는 사람한테 연락을 했어요. 그 사람은 나는 만나러 와도 엄마는 보고 싶지 않다고 했어요. 엄마 죽으면 내가 고아니까 자기한테 오라고요. 미쳤다고 소리 지르고 전화를 끊었어요."

"지금부터는 엄마랑 하고 싶은 것이 있으면 무엇이든지 다해. 엄마 돌아가시고 후회하지 말고 알았지? 같이 음악도 듣고, 태블릿으로 영화도 보고, 하고 싶은 것은 무엇이든 해."

"이모 어떡하면 안 울 수 있을까요? 엄마만 보면 자꾸 눈물이 나요."

"엄마가 아픈 것을 생각하지 말고 엄마와 즐거운 시간을 보낼 것만 생각해. 호스피스 병동으로 옮기면 통증이 훨씬 줄어들 거야. 마지막 시간을 슬픔으로 무의미하게 보낼 순 없잖아."

친구는 호스피스 병동으로 옮겼다. 나도 수시로 친구에게 시간을 내서 수다도 떨고 추억의 사진을 가져가 친구의 추억 소환을 도와주기도 했다. 아들이랑 사진도 많이 찍고 커플링도 하고 연인처럼 모자처럼 달콤한 두 달의 시간을 보내고 친구는 멀리 떠났다. 경희 아들은 의외로 담담히 엄마를 보냈고 의연하게 장례식도 치렀다.

호스피스 병동으로 옮긴 두 달이 엄마가 아프고 나서는 제일 통증도 없고 행복했다는 경희 아들은 이제 일상생활로의 복귀도 성공적으로 잘 하고 있었다. 죽어도 결혼을 하지 않겠다던 경희 아들은 경희가 하늘나라로 떠나고 이듬해 결혼을 했다. 엄마가 보내 준 천사라는 색시를 받들며 아들을 낳았다. 아버지 같은 아빠가 되지 않으려 아빠 공부를 하며 열심히 노력하는 착실한 가장이자 한 여자의 남편이 되었다. 시시때때로 전화해서 아빠로서의 고충을 털어놓는다. 엄마는 안 계시지만, 대신 이모한테 하소연할 수가 있어서 다행이란다.

호스피스 완화란 임종이 가까운 말기 환자와 가족을 위한 전인적 돌봄을 뜻한다. 치료가 목적이 아니다. 통증 완화. 증상 완화, 심리 사회적 상담 및 사별 가족의 관리 및 전인적 케어로 삶의 질을 높이는 것을 목적으로 한다. 환자에게는 존엄한 죽음을, 가족에게는 안정적으로 일상생활로 복귀하는 데 큰 도움을 준다.

호스피스 완화 의료의 대상은 적극적인 치료에도 불구하고 회복 가능성이 없고, 점차 증상이 악화하여 보건복지부령의 절차와 기준에 따라 담당 의사와 전문의 1명으로부터 수개월 이내에 사망할 것으로 진단받은 환자를 대상으로 한다. 90% 이상의 환자들이 적절한 진통제를 사용해서 통증 조절, 메스꺼움. 구토, 수면장애 등 상당 부분이 완화된다.

원예요법. 음악요법. 미술요법. 웃음 요법 등의 호스피스 프로그램으로 삶을 의미 있게 보내게 해 준다. 호스피스에는 입원형 호스피스. 가정형 호스피스. 자문형 호스피스. 소아 청소년 의료완화 등 4종류가 있다.

입원형 호스피스의 대상은 말기 암 환자에 한한다. 전국에 83개의 호스피스 기관과 16개의 요양병원을 합해 99개의 1520개의 병상을 운영 중이다. 입원형 호스피스 간병은 호스피스 보조 활동 인력 즉 호스피스 간호간병인이 한다. 자격은 요양보호사에 한한다.

연명의료결정법에서 결정한 기관에서 이론 20시간, 실기 20시간, 총 40시간의 호스피스 의료학회 교육을 이수하면 호스피스 간호간병인이 될 수 있다.

간호간병은 호스피스 병동에서 제일 필요하다. 임종에 가까워질수록 일상생활이 어려워진다. 심리적으로 지쳐 있는 가족들이 간병을 하기에는 너무 힘들기 때문이다. 호스피스 보조 활동 인력은 국립암센터 중앙 호스피스 홈페이지에 게재되어 있다.

가정형 호스피스의 대상자는 말기 암, 말기 후천성 면역 결핍증, 말기 만성 폐쇄성 호흡기 질환, 말기 만성 간경화에 한한다. 호스피스 팀이 환자의 가정을 방문하여 의료 서비스를 제공하는 것을 말한다. 의사와 간호사가 신체적 심리적 돌봄 서비스를 제공한다. 24시간 전화 상담도 가능하다. 전국에 33개를 운영 중이며 건강보험심사평가원에서 관리한다.

자문형 호스피스의 대상자는 말기 암, 말기 후천성 면역 결

핍증, 말기 만성 폐쇄성 호흡기 질환, 말기 만성 간경화에 한
한다. 기존의 주치의로부터 치료를 계속 받으며 동시에 호스
피스 서비스를 받는 제도를 말한다. 일반 병동, 외래에서 주치
의의 진료를 받으며 동시에 증상 완화. 통증 완화. 심리적 사
회적 영적으로 도움을 받는 것을 말한다. 임종실과 상담실을
설치해야 한다. (응급실이나 중환자실 환자는 제외된다)

그 외 소아 청소년 의료완화의 대상자는 생명을 위협하는
질환에 걸린 소아 청소년 환자와 그 가족 중에서 완화 의료가
필요하다고 판단되는 경우로 성인 호스피스와 달리 진단 병명
이나 질병 단계에 제한이 없다. (현재는 만 24세 이하인 환자
에 한해 시범 운영하고 있다.)
생명을 위협하는 질환으로 치료받는 소아 청소년 환자와 가
족이 치료 과정에서 겪는 여러 가지 증상, 불편, 스트레스 등
신체적, 심리적, 사회적 어려움을 완화하고 삶의 질 향상에 기
여하는 통합적 의료 서비스를 제공한다.

아직 잘 몰라서 서비스를 이용 못 하는 경우가 많다. 삶의
마지막을 편안하고 의미 있게 보내는 호스피스 서비스가 많이
증가 되었으면 좋겠다. 특히 가정형 호스피스가 많이 증가해
서 일반가정에서도 혜택을 많이 받았으면 하는 바람이다.

04

후회 없는 삶이란

초등학교 4학년 때 웅변대회에 나간 적이 있다. 6.25 기념 웅변대회였다. 전교생 앞에서 교단에 올라가 연탁을 앞에 놓고 하는 웅변이었다. 웅변 반 선생님이 써 준 원고를 달달 외워서 하는 대회였다. 내가 쓴 원고가 아니니 아무리 외워도 암기가 되지 않았다. 녹음이 우거진 푸르른 유월이란 구절도 너무 어려웠다. 뜻도 알지 못하면서 무조건 외웠다.

수업이 끝나고 선생님은 웅변 반에 모두 모이라고 했다. 한 사람씩 앞에 나와 제스처를 어떻게 해야 되는지, 팔은 언제 높이 올려야 되는지 일일이 알려 주셨다. 5학년 6학년 언니 오빠들이 있는 곳에서 연습하는 건 쉽지 않았다. 선생님은 지적을 참 직설적으로 하셨다. 다그침은 당연히 동반되었다.

"넌 왜 그렇게 목소리가 자꾸 기어들어 가? 쭉 뻗으란 말이야."

"자꾸 목소리가 작아져서 안 나와요."

"네가 바보같이 연습을 안 하니 그렇지. 연습을 더 많이 해 와야지."

순간 정말 내가 바보가 된 것처럼 귀까지 발개졌다. 말도 나오지 않았다. 수치스러운 기억으로 남았다. 한 달의 연습 기간 동안 그만하고 싶다고 말하고 싶을 때가 한두 번이 아니었다. 집에 와서 엄마에게 하기 싫다는 말을 했을 때 엄마는 주저 없이 하지 말라고 했다. 내가 엄마에게 듣고 싶었던 말은 힘들어도 잘 참아보라는 말인데 말이다.

웅변대회가 열리는 6월 25일. 우리 학교 운동장에 전교생이 모였다. 한 학년에 여섯 반이었으니 최소한 1800여 명이 모인 자리에서 우리는 연단에 올라가 웅변을 했다. 내 차례가 되었을 때 뜨거운 6월의 햇빛에 눈이 부시어 앞에 있는 사람들이 아무도 보이지 않았다. 무슨 정신으로 웅변을 고래고래 소리를 지르며 했는지 기억도 안 났다.

다행히 장려상을 탔다. 마음이 불편했다. 좋아야 될 상황이고, 상도 탔는데 불편하고 자꾸 후회가 됐다. 한 번의 웅변대회를 나가고 나서 두 번 다시 대회에 나가지 않았다. 불편하고 싶지 않아서다. 그 이후 어른이 될 때까지 내가 원하는 걸 성공했어도 불편하고, 실패해도 마음이 편할 때가 있었다. 그런데도 심각하지 않게 생각했다.

심리 상담 공부를 하고 여러 가지를 배우면서 알았다. 내가 주체가 되어 하지 않았고, 최선을 다하지 않고, 노력한 만큼 실력을 다 펼치지 않은 것들은 결과에 상관없이 마음이 불편하다는 것을…… 내가 최선을 다하고 노력한 만큼 실력을 다 펼쳤을 때는 승패와 상관없이 마음이 편하다는 것을 말이다. 이것은 삶의 모든 영역에서 적용되었다.

친구가 퇴근하는 길에 횡단보도를 건너다가 교통사고를 당했다. 초록색 불에 딸과 함께 길을 건너는데, 갑자기 소나타 한 대가 다가왔다. 급히 소리를 지르며 피하는 딸과 순간적으로 딸을 보호하려 끌어안은 친구는 119 사이렌 소리에 눈을 떴다고 한다. 딸은 뇌진탕과 타박상을 입었다. 친구는 다리와 고관절이 망가져서 오랜 시간 병원 생활을 해야 했다.

짧은 순간 운전자의 졸음운전이 모녀의 시간을 빼앗아 갔다. 고통스러운 시간을 견디고 치료하며 다섯 번의 수술과 재활 치료로 4년의 시간을 보냈다. 고통스러운 수술을 할 때마다 친구는 참 많이 힘들어했다. 아들, 딸에게도 남편에게도 항상 미안해했다. 살아온 시간을 돌아볼 때 너무 후회되는 일들이 많다고 울기도 많이 울었다.

"남편이 어제는 와서 힘들다고 우는데 내가 너무 미안했어. 내 맘대로 사고가 난 게 아니지만, 그래도 혼자서 아이들 케어 하면서 고생하는 걸 보면 정말 내가 사고 나기 전에 더 잘 해 줄 걸이라는 후회가 되기도 해. 아이들에게도 야단치지 말고 더 많이 사랑한다고 말해 줄 걸 하고 후회가 되고 그래."

"얼른 재활 훈련 열심히 받아서 집에 돌아가야지. 후회하는 만큼 나중에 잘하면 되지."

"그래. 그러면 되겠지?"

"그럼 그렇고 말고."

"난 병원에 있으면서 죽음이라는 것을 많이 생각했어. 좋은 죽음이라는 것이 뭘까? 내가 사고가 나서 딸은 다행히 뇌진탕과 타박상이었지만, 달리 생각하면 나나 딸이나 죽을 수도 있는 상황이었잖아. 이만하길 다행이라고 하루에도 열두 번씩 생각해. 감사하지.

한편으론 나도 사람이라 자꾸 내가 다음 신호등에 건넜다면 어땠을까? 천천히 걸어갔더라면 하는 쓸데없는 후회를 한다. 바보 같다고 생각되지만 지금의 내 상황을 받아들이기가 쉽지 않기 때문일 거야. 어느 한순간 죽음을 마주할 수 있는 시간이 되었을 때 후회하지 않고 살 수 있는 방법이 뭘까?"

"우리는 어떠한 후회도 없이 사는 것이 중요한 것이 아니라 후회한다 해도 자신을 미워하지 않는 것이 중요한 것 같아. 내가 나를 미워하지 않고 응원하는 것, 그것이 될 때 내 삶도 후회라는 단어를 덜 사용하지 않을까?"

"맞아, 나는 후회라는 낱말을 빌어서 나를 미워하고 있었네."

"후회는 우리가 잘못했다는 걸 상기시키는 게 아니라 우리가 앞으로 더 잘할 수 있다는 것을 알게 해주는 것으로 생각해."

친구는 오랜 병원 생활을 끝내고 가정으로 돌아왔고, 예전

보다 더욱더 가족들에 대한 사랑을 실천했다. 남편에게는 항상 고마움과 감사함을 표현했고, 아이들에게도 잔소리 대신 무조건 믿는다는 말로 바뀌었다. 지금은 오른쪽 다리의 불편함으로 장애 판정도 받았지만, 목숨이 살아 있음에 감사할 줄 아는 사람이 되었다. 나 또한 친구의 경험을 공유하면서 후회의 최소화의 법칙을 생각하며, 후회를 줄일 수 있는 방법을 매번 생각한다.

제프 베조스의 <후회 최소화의 법칙>에서는 노년에 과거를 회상할 때 어느 것을 택해야 덜 후회할까를 기준으로 판단해야 한다고 했다.

인생을 충실하게 살려면 인생이 유한함을 깨달아야 한다. 죽음을 이야기하는 것은 재수 없는 것이 아니고, 그렇다고 죽을 일도 아니다. 죽는다는 말을 꺼내야 한다. 죽음에 대해 이야기하고 공부하여야 한다.

'후회 없는 인생은 없다.'라는 책에 나오는 내용이다.

'후회 없는 인생은 없다. 하지만 후회 없는 순간은 분명히 있다. 결국 후회 없는 순간의 총량이 어쩌면 우리 인생의 행복 정도를 결정하지 않을까 싶다. 괜히 매 순간 최선을 다해야 하는 것이 아니다.' 안 되는 것을 채찍질하고 무리해서 노력하기보다, 지금 내가 하는 것에서 최선을 다해 집중하자. 하지 않고 후회하는 것보다 해서 후회하면 최소한 경험은 남기 때문이다.

매일 치열하게 살아야 하는 이유는 결국 후회 없는 삶을 살기 위함이고, 후회 없는 삶은 좋은 죽음을 맞이하는 웰다잉이다.

05

세상을 이어주는 끈

사람마다 세상을 이어주는 끈은 다를 수 있다. 어떤 이는 책이 세상을 이어주는 끈이 될 수 있고, 어떤 이는 텔레비전이, 스마트 폰이 세상을 이어주는 끈일 수도 있다. 따지고 들어가 보면 사람이 책도 텔레비전도 스마트 폰도 모든 것은 사람이 세상을 이어주는 끈인 것이다.

3년 전 '펀 리더십' 강의를 나갔었던 회사에 부장님은 나에게 말했다.

"강사님. 난 세상의 모든 것이 싫어요. 혼자 지내는 게 제일 좋아요."

"그래요? 세상의 어떤 것이 싫어요?"

"사람들의 가식적인 모습이 싫어요. 먹고살기 위해 어쩔 수 없이 회사에 나오지만 너무 힘들어요."

"그렇군요. 사람들의 그런 모습은 저도 싫어요."

"조만간 회사에 사표를 내고 산에 들어가서 '자연인이다' 프로그램처럼 살려고요."

"그럼 많이 행복할 것 같으세요?"

"네, 최소한 사람들과의 부딪히는 시간은 없을 테니까요."

"사람들을 안 보면 다 행복할 것 같군요."

"그럼 스트레스는 없겠죠. 강사님은 놀러 오셔도 돼요."

"고맙습니다. 좋은 소식 있으면 연락 주세요."

스치듯 나누었던 대화 이후 서로가 바쁜 일상에 연락이 뜸한 사이가 되었고, 카톡으로 서로의 소식을 접할 뿐이었다. 어느 날 카톡 대문 사진에 나무숲에서 환하게 밝은 표정으로 웃고 있는 부장님을 보게 되었다. 생각한 대로 실천에 옮기신 분이라는 대단함에 응원의 박수를 보냈다. 1년이 지난 작년 봄 부장님은 나에게 잘 지내느냐는 안부와 놀러 오라는 카톡을 보내며 주소를 같이 보냈다.

주소를 검색해보니 영월의 산속이었다. 충주에서 그리 멀지 않은 곳이라 마음먹고 시간을 내어 찾아갔다. 산 입구에 차를 세워 놓고 걸어 올라가야 하는 곳이었다. 한참을 걸어가다 보니 조그만 개울에 징검다리가 놓여있다. 징검다리를 건너 조그만 오솔길을 따라 한참을 올라가니 저 멀리 아담한 집이 보인다.

반가운 마음에 발걸음이 더욱 빨라진다. 옆에 보이는 작은 풀들도 더 정겨워 보인다. 타박타박 신발 밑에 부딪치는 흙바닥의 느낌이 좋다. 모처럼의 한가한 여유로운 발길이 내 마음마저 부자로 만든다. 부장님을 뵐 마음에 모든 것이 더 좋아 보이는 것 같다.

저 앞에서 손을 흔들며 나를 맞아 주시는 부장님이 보인다. 손에는 목장갑을 끼고 일하시는 중이었는지 왼손은 삽으로 지탱하고 손을 흔든다. 반가움과 함께 그동안 내가 알고 있던 부장님의 모습이 아니라 순간 멈칫해진다. 회사 다닐 때보다 엄청 행복해할 줄 알았던 부장님은 수염은 덥수룩하고, 손은 투박하게 흙투성이다.

"강사님. 먼 곳까지 오시느라 수고 많았어요. 배고플 시간인데 밥 좀 먹을까요?"

"저 온다고 밥 해놓으셨어요? 고맙습니다. 부장님 밥 먹어야죠."

까만 그을음이 덮여있는 노란 냄비에 된장찌개와 산속에서 채취한 엄나무 순 장아찌 등의 반찬과 마당 한가운데 걸어놓은 까만 가마솥에서 밥을 퍼낸다. 슈퍼에서 사는 재료 없이도 이렇게 맛있는 밥을 차려내는 부장님의 밥상에 감탄사가 절로 나온다.

"부장님. 이런 장아찌 부장님이 직접 담근 거예요?"

"그럼요. 산속에서는 내가 움직이지 않으면 아무것도 먹을 수 없어요. 사시사철 움직여야 해요. 내 몸이 곧 내 재산이에요. 규칙적으로 먹고 자는 것이 젤 중요해요."

"너무 힘들진 않으세요? 엘리트 멋진 부장님의 모습과 지금 산적 같은 이미지의 부장님의 모습이 너무 낯설어요."

"내가 원하고 꿈꾸던 생활이라서 힘들어도 잘 참을 수 있는 것 같아요. 자연을 쳐다보고 있으면 정말 숙연해지고 많이 배워요. 끼니 걱정하는 것만 빼면 다 좋아요."

"정말 대단하세요. 부장님처럼 깐깐하고 차도남의 표본인 분이 자연인이라는 상반된 이미지의 삶을 사는 것도 멋지네요. 그래서 그런지 오늘 가마솥 밥이 더 맛있는데요?"

"비 오면 밥 못해 먹어요. 장마철이나 비 오려고 하늘이 흐려지면 가마솥에 밥을 많이 해 놔요. 회사만 퇴사하면 아무 스트레스 없이 사는 줄 알았어요. 이제는 생존에 대해 움직이고 살아야 하는 게 힘들 때도 있어요. 결국 제가 이렇게 살면서도 세상과 이어주는 끈은 강사님 말씀대로 사람인 것 같아요. 사람이 저에게는 세상을 떠나는 이유도, 세상을 이어주는 끈도 되었어요."

"사람은 혼자 살지 못한다고 하잖아요. 외로움이란 것이 참 무섭거든요. 부장님의 이런 생활이 어떤 이에게는 로망일 수 있어요. 예전 회사에서 부장님 다시 재입사 말씀하시던데 연락받으셨죠?"

"연락은 받았어요. 재입사는 안 하고 사람들과 소통은 하면서 지내려고요. 산에 다니다 보면 동물들을 많이 만나잖아요. 인생의 생로병사가 이곳에서는 동물·식물에서 많이 배워요.

태어나고 자라고 죽고, 그 자리에 다시 태어나고 자라고 죽고
를 반복하죠. 사람도 마찬가지인 것 같아요. 사람도 태어나서
살다가 죽으면 다시 누군가가 태어나서 살아가겠죠. 그것이
모든 세상이 멸망하지 않는 한 세상을 이어가는 끈이라는 생
각이 들어요.”

“그럼요. 죽으면 끝이 아니라 그 죽음으로 다른 생명이 태
어나고 다시 세상을 만들어가고 이어가는 선순환을 만들어가
니까요. 사람이 삶이고 사람이 죽음이에요.”

“예전에 강사님께 리더십과 웰다잉 강의를 들으면서 나를
들여다보는 것을 처음 하기 시작했어요. 어차피 세상의 중심
은 나 자신이고, 삶의 주인은 나 자신이니까요. 산속에 들어와
살면서도 강사님의 강의가 참 많이 도움이 되었어요. 타인의
시선에 신경 쓰는 것이 아니라 산속에서 내가 생각한 것들을
하나씩 실천으로 옮겨 성공했을 때 오는 성취감은 말로 표현
못 하게 기분 좋아요.”

“부장님. 제 강의를 듣고 변화가 되셨다니 감사해요. 제가
오늘 밥이 아니라 보약을 먹은 듯해요.”

“예전에는 자존심만 있었어요. 지금은 ‘내가 내일 밭을 매
야지.’라고 생각하면 이튿날 밤늦게라도 밭을 매고 자요. 생
각을 증명해 보일 때 자존감이 제일 많이 올라간다고 말씀하
시던 강사님의 강의가 저의 자신감과 자존감을 올려주었어요.
지금은 무슨 일을 해도 당연히 할 수 있다고 생각하고 행동
해요.”

"역시 한 발자국 앞에 프레임을 놓고 생각을 증명하시는 부장님은 인생 승리자네요."

"이제는 제가 가지고 있는 생각과 실천한 것들. 또한 자연에서 느끼는 것들을 글로 정리하고 있어요. 많이 알리는 것이 중요한 것이 아니라 강사님처럼 사람들이 생각의 전환을 할 수 있는 기회가 되면 좋겠어요. 항상 강사님이 강조하시는 세상과 이어주는 끈인 사람을 소중히 여기며 내 삶의 주인으로 좋은 죽음을 위한 좋은 삶으로 행복하게 살려고 해요. 강사님. 오늘 와 주셔서 너무 감사해요."

"저 역시 부장님과의 오늘의 시간이 소중하고 행복한 인생 한 페이지가 될 거예요. 고맙습니다."

작년 한 해 산에서 채취해 말린 나물이라며, 양파 자루에 넣어서 손에 쥐어 준다. 누구나 피하고 싶은 까칠한 부장님이 아닌 산에 사는 넉넉한 산 아저씨의 인심이다.

영월에서 충주로 돌아오는 길. 누런 냄비의 된장찌개와 가마솥 밥의 냄새가 눈앞에 아른거린다. 마음이 느긋하고 편안한 영월에서의 시간에 핸들도 가볍다. 사람을 합치면 삶이듯이, 세상을 이어주는 끈의 마지막은 결국 사람인 것이다.

06

세상에서 가장 아름다운 이별

2018년 8월 14일. 서울 동부 병원에서는 특별한 생전 장례식이 열렸다. 85세의 전립선 말기 암 환자인 김병국 할아버지가 생전 장례식인 '나의 판타스틱한 장례식'을 연 것이다.

김병국 할아버지가 휠체어에 앉아 의료진의 도움을 받으며 입장한다. 사회자의 '그냥 파티를 하자. 즐겁게 노래하고 춤추자.'라는 슬로건으로 생전 장례식의 개회 인사를 통해 시작된다. 이무송의 '사는 게 뭔지' 노래로 파티를 알린다. 지인이 부고인(김병국 할아버지)의 약력을 소개한다. 부고인인 김병국 할아버지가 초대되어 온 사람들에게 인사를 한다.

"우리가 죽는다는 것을 슬프다고 생각하는 이유를 잘 모르겠어. 사람이 한번 왔다 한번 가는 것은 병가지상사 아닌가? 그런데 그걸 그렇게 생각한다는 건 이해가 안 가. 왜 죽은 다음에 장사를 지내? 살아서 지내, 살아서 지내서 말을 하고 장례 지내면 될 거 아냐? 1980년쯤 미국 영상을 보니까 상여가 나가는데 나팔을 불고 나가더라. 우리도 즐겁게 장례를 치러야지 그것을 슬프게 생각할 필요는 없어. 어차피 한 번은 죽는 것 일찍 죽고 늦게 죽는 것은 있겠죠. 너무 슬퍼 마시고 오늘 이렇게 먼 거리 많이 와 주셔서 감사합니다. 이렇게 많이 올 줄 미처 몰랐어요. 정말 감사합니다."

생전 장례식의 축하공연을 부고인과 모든 사람들이 같이 즐기면서 하나가 되어갔다. 슬픔이 아닌 서로를 바라보며 눈빛을 마주치며 노래를 부른다.

다음은 초대되어 온 사람들의 초대 감사 순서이다. 귀한 시점과 시간에 아름다운 이별을 함께하는 것이 숭고한 시간이 아닌가 생각한다는 신부님의 인사다. 말기 암 환자를 돌보는 의사는 환자가 입원하는 순간부터 환자가 필요로 하는 모든 것을 충족시켜 주는 역할을 하지만, 오늘의 주인공은 김병국 어르신이기에 어르신이 좋은 시간을 보냈으면 좋겠다는 말을 하였다.

마지막 심장 내과 의사의 초대 인사였다.

"심장내과에 오는 환자들은 이런 준비할 시간이 없다. 바로 사망하거나 살아나거나 둘 중 하나다. 그렇기에 죽음에 대해서 심각하게 생각해 본 적이 없다. 항상 장례식장 많이 다녀봤지만, 이미 돌아가신 상태고 보호자나 자제분들, 친척분들을 위한 장례식이 대부분이다. 의사 가운을 벗고 생각해 본다면 아까 부고인의 지나간 길인 약력을 읽어주시는데, 과연 죽고 나서 저것을 읽어주면 나에게 무슨 의미가 있을까? 라는 생각이 들었다.”

　다음의 차례는 절친했던 지인과 어느 날 갑자기 다투었고, 굉장히 소원해진 관계를 살아 있는 장례식에서 용서와 화해를 하고 싶다고 했다.

　“이젠 자꾸 대들지 마.”

　“이따가 봐. 형님 죄송합니다.”

　“그래. 울지 마.”

　서로 포옹하며 얼굴을 비빈다. 살아가면서 마지막 죽음의 문턱에서 가장 필요한 시간이다. 용서와 화해는 부고인만의 문제가 아닌 살아남은 자들의 몫이기도 하다. 김병국 할아버지와 지인의 화해의 시간이 아름답다. 부고인의 노래와 마지막으로 사람들과 포옹으로 작별의 인사를 나눈다.

　생전 장례식을 마치고 소감을 묻는 기자에게 같이 짜장면이라도 한 그릇 먹고 ‘야, 내가 살아보니까 이러더라. 그러니 너는 이렇게 살아라.’ 말해 주고 싶었다는 생전 장례식이 제목처럼 너무 판타스틱해서 감사했다는 김병국 할아버지.

　고령화 사회 속에서 자신의 삶을 돌아보며 감사를 전하는 마음만큼은 큰 의미가 있지 않을까 싶다.

죽음이란 어느 정도의 늙음의 나이가 되어서 맞이하면 그나마 수긍을 한다. 젊은 나이에 갑자기 들이닥친 죽음을 맞이하였을 때의 이별은 쉽지 않다.

친구 딸인 OO이는 대재 다능한 아이였다. 친구의 취미 중 하나는 딸 상장을 앨범에 정리해 놓는 것이었다. 딸을 낳고 7년 만에 남편이 암으로 떠났다. 남편은 재산도 남겨 놨고, 보험도 많이 들어 놨다. 친구의 세상은 오로지 딸이었다. 딸이 기쁘면 엄마도 기쁘고 딸의 기분이 우울하면 엄마도 우울했다. 학교에서 친구랑 싸우고 오면 친구도 같이 딸과 감정이입을 그대로 했다. 완전 일심동체이다.

OO이가 고등학교를 졸업하고 서울의 K대를 입학하였을 때 친구는 세상을 다 가진 듯 행복해했다. 친구도 딸을 따라 부푼 가슴을 안고 K대 근처로 집을 사서 이사를 갔다.

"너희들 우리 집 가구 쓸 만한 것 있으면 가져다가 써."

"왜, 가구 안 가져가?"

"응. 서울 가면 새것으로 다 바꿔야지. 우리 OO이도 이제 대학생인데."

"집 사느라고 돈도 많이 들었을 텐데 괜찮겠어?"

"새 술은 새 부대에 히히."

"멋있다. 암튼 이제부터 서울 여자 되는구나. 우리도 서울 가면 잘 곳 있어서 좋다."

"가기 전에 밥 먹고 가자."

서울로 이사 가서 좋겠다는 부러움과 피붙이 하나 없는 타지에서 살 것에 대한 걱정을 담고 자장면과 탕수육을 먹고 추운 2월 중순에 헤어졌다.

그해 9월 중순쯤 되었을 때 친구에게서 전화가 왔다.

"형숙아. 지금 친구들이랑 이곳으로 와 주라. 빨리 와줘. 빨리~."

"거기가 어딘데? 왜 그래?"

"OO이가 뇌종양 진단을 받아서 손을 쓸 수가 없데. 지금 병원이야."

"뭔 소리래? OO이가 아프다고?"

"응. 나 어떡하니?"

친구의 울음소리를 뒤로하고 친구들과 밤늦게 차를 몰고 달려갔다. 머리에 모자를 쓰고 있는 OO이의 모습에 우리는 하나같이 소리 없이 눈물이 흘렀다.

"아줌마. 나 괜찮아요. 저 이번 주에 퇴원할 거예요. 우리 엄마 좀 설득시켜 주세요."

"얘들아. 치료를 해야지 치료 안 하고 나하고 여행 다니고 하고 싶은 거 한다고 저런다. 내가 미치고 팔딱 뛰겠다."

"엄마, 시간이 너무 아깝잖아. 나을 병도 아닌데 병원에서 이러는 거 너무 고통스럽고 시간이 아까워. 난 엄마랑 조금이라도 같이 즐거운 시간을 보내고 싶어."

결국 친구는 딸이 치료를 받지 않겠다는 고집을 설득해 달라고 우리를 불러올린 것이었다. 우리는 친구와 OO이의 이야기를 새벽까지 다 들었다. 서로의 안타까운 이유에 마음이 아팠다.

"확실히 나을 병이 아니면 OO이의 말을 들어주는 것도 좋을 듯해. 고등학교 갈 때까지는 공부하느라고 아무것도 못 해보고, 대학 와서는 아파서 아무것도 못 해보고 불쌍하잖아. 해보고 싶은 것도 해봐야 되는 게 맞을 것 같은데……."

친구들과 OO이의 설득에 친구도 마음을 다잡고 퇴원을 결정했다. 이후 모녀는 여행도 다니고, 전시회에 다니며 좋은 시간을 보냈다.

어느 날 카페에 차 한 잔 마시러 가자고 딸인 OO이가 엄마에게 부탁을 했다. 카페에 들어선 순간 풍선 아트로 장식해 놓은 한쪽 벽면엔 '엄마, 고맙고, 감사해요. 엄마가 내 엄마라서 내 삶이 너무 행복했어요. 영원히 사랑해요. 이젠 무거운 짐 내려놓고 엄마의 인생을 살았으면 좋겠어요. 다음엔 제가 엄마의 엄마로 태어나서 더 잘 해 드릴게요. 존경합니다. 사랑합니다.'란 OO이의 영상 자막이 틀어져 있었다.

친구 딸인 OO이는 그렇게 세상에서 가장 아름다운 엄마와의 이별을 하고 떠났다. 지금 친구는 보고 싶은 마음이야 어쩔 수 없지만, 자원봉사와 재능기부를 하며 활력 있게 살고 있다.

김병국 할아버지의 생전 장례식과 딸 친구인 OO이의 죽음을 통해 우리는 세상과의 아름다운 이별을 배운다. 상실과 소멸을 뜻하는 이별은 누구에게나 슬플 수밖에 없다. 슬픔으로 인해 정리하지 못하는 이별이야말로 제일 힘든 이별이 아닐까 싶다.

내 주위에 내가 하고 싶은 말과 전하고 싶었던 마음을 나누며, 남은 사람들로 하여금 서로 배려하고 끈끈한 관계를 이어가며, 세상에 나가 더 열심히 살아갈 수 있는 추억을 주고 떠나는 세상에서 가장 아름다운 이별을 준비하는 우리가 되었으면 좋겠다.

마치는 글

　사람과 삶과 죽음은 일직선상에 있는 하나이다. 하나를 분리해서 따로따로 생각하고 공부하려고 하면 더욱더 어렵고 힘들다. 우리의 살아가는 모습 자체가 웰다잉의 수업이며 공부인 것이다.

　갈수록 고령화 사회로 인해 우리의 수명은 점점 길어질 수밖에 없다. 수명이란 무엇인가? 한 사람이 살아 있는 동안을 말한다. 수명은 두 가지로 분류할 수 있다. 건강수명 시기와 질병 수명 시기. 노화를 지나면서 죽음에 이르게 된다면 여러분은 어느 시기에 중점을 두고 살고 싶은가?
　40~50대라도 생각과 신체적 통증으로 질병의 삶을 살 수 있고, 80~90대에도 새로운 도전을 하면서 젊은 사람들보다 더 활동적인 건강한 삶을 살아가기도 한다. 나이가 들어가면서 오는 신체적 노화의 문제가 아니라 어떤 호기심을 가지고, 사람들과의 소통을 하면서 살아가느냐의 문제이다.

　삶을 치유하고 웰다잉의 삶을 살려면 꼭 실천해야 될 것이 있다.

첫째, 당하는 죽음이 아닌 맞이하는 죽음이 되어야 한다. 주체가 나 자신이어야 한다는 것이다. 특히 수명이 길어지면서 거동을 할 수 없는 상황이 될 때가 있다. 자녀들은 요양원이나 요양병원을 알아볼 때 대부분 경제적인 문제로 인해 가격 면을 가장 먼저 고려한다. 환자가 먼저가 아니라 경제적인 면과 접근성, 그다음이 의료진 등 환자를 위한 조건을 본다는 것이다. 맞벌이 부부가 늘어남에 따라, 아들일 경우 집에서 모시지 못했다는 죄책감에 괴로워한다.

양로원을 가도, 요양병원을 가도 내가 미리 알아봐서 내가 가고 싶은 곳으로 가야 한다. 자식들에게 요양원에 보냈다는 죄책감이 들지 않도록 해야 하는 배려이기도 하다.

둘째, 사전의료의향서를 꼭 작성하여 연명 치료의 고통에서 해방되고, 병원비 등의 경제적 부담을 자식들에게 주지 않아야 한다. 2001년 이전에는 집에서 80%, 병원에서 20% 사망했지만, 2011년 이후부터는 병원에서 80%, 집에서 20%로 임종 장소는 집에서 병원으로 옮겨졌다.

사람이 살아가는 인생 중 마지막 5년은 투병의 시간을 보낸다. 우리나라 사망률 1위는 암이다. 암 환자 7명 중 한 명은 중환자실로 옮겨진다. 10명 중 1명은 인공호흡기를 부착하고, 20명 중 한 명은 심폐소생술을 받는다. 중환자실에서 말 한마디 못 하고 죽음을 맞이하는 경우가 종종 있다. 병원이라는 곳이 사람을 살리는 곳이기에 죽음이 와도 죽지도 못하고, 고통스러운 심폐소생술을 비롯한 연명 치료를 하는 것이다.

국민건강보험공단 발표에 의하면 말기 암 환자 사망 전 3개월간의 의료비용은 7,012억 원으로 사망 전 1년간 의료비 1조 3,922억 원의 50.4%를 차지했다. 결국 임종 직전 3개월간 연명 치료 비용이 많이 들기 때문에 죽기 한 달 전에 평생 의료비의 50%를, 죽기 3일 전 25%를 사용한다. 임종이 가까워질수록 과잉진료 및 검사가 이루어지고 큰 비용이 든다. 자녀들에게 병원비 등으로 인한 경제적 부담을 줄 수밖에 없는 병원 사망의 구조이기 때문이다. 사전의료의향서를 꼭 써놓아야 되는 이유 중 하나이다.

영국의 이코노미스트에서 조사한 죽음의 질 지수에서 우리나라는 18위다. 영국이 1위다. 영국은 우리나라보다 의료 기술은 많이 발달하지 않았다. 3차 병원까지 가려면 너무 많은 시간이 걸린다. 대신에 죽음을 맞이할 수 있는 호스피스 병동 및 통증 완화기관이 많은 것으로 알려져 있다.

보다 편안하고 통증에서 벗어나 죽음을 스스로 맞이할 수 있는 시간을 충분히 갖는 것, 바로 사전의료의향서를 작성하는 것이다. 죽음의 질을 높일 수 있는 방법이다.

셋째, 항상 배우고 사람들과 소통해야 한다. 행복의 지수는 가지고 있는 돈의 가치보다 친구의 수라고 하지 않는가? 남녀노소 모두에게서 소통은 중요한 문제이다. 소통이 안 되면 불통이 되고 불통이 되면 열불이 올라온다는 표현을 한다. 모든 스트레스의 원인은 불통에서 오는 경우가 대부분이다. 외로움은 하루에 담배 15개비 피우는 것과 같다는 심리학자의 실험 결과가 있다. 그 정도로 소통 부재로 인해 오는 외로움은 더욱더 위험하다. 내 주위의 친구들을 수시로 챙겨야 한다. 화단을 가꾸듯 사람들과의 소통을 하며 지내자. 외롭지 않게 죽는 방법이다. 나 혼자만의 삶이 아닌 '함께'의 삶이 되어야 한다.

하루를 잘 살아내는 것, 순간순간의 행복을 즐기는 것, 자신에게 잘살고 있다고 칭찬하는 것. 매일매일 죽음을 공부하고, 해야 할 것들을 정해진 시간에 꼭 하는 것. 이런 좋은 습관들이 모여 내 삶을, 내 인생을, 내 죽음을 잘 맞이할 것이다.

우리는 죽음을 두려워만 하고 있을 것인가? 무섭고 재수 없다고 피하기만 할 것인가? 나하고는 아무 상관 없는 이야기라고 외면할 것인가? 아니면 평소 죽음을 이야기하고, 지금의 내 삶에 충실하고, 인생 결승점인 죽음을 준비할 것인가? 선택은 우리의 몫이다.

2021년 눈 내리는 1월
에코연구소 사무실에서
최형숙

최형숙

충북 충주 출생
충주여자고등학교 졸업
서울디지털대학교 상담심리학과 졸업
국립한국교통대학교 대학원 재학

현) 에코연구소 대표 / 힐링 명강사
    충주 봉숭아학당 힐링웃음교실 학장
    힐링웃음 봉사단 대표
    캘리포니아 한국교육원 진행교수
    충주시 보건소 치매예방 강사
    정신건강복지센터 생명존중강사
    토탈강사(웰다잉, 펀리더십, 도형심리, 블로그 등)
    관공서 및 기업 특강 강사
전) 서원대학교 평생교육원
    실버놀이코디네이터 교수

https://blog.naver.com/6685222

잘 죽어야 합니다

초판인쇄 2021년 1월 20일
초판발행 2021년 1월 20일

지은이 최형숙
펴낸이 채종준
펴낸곳 한국학술정보㈜
주소 경기도 파주시 회동길 230(문발동)
전화 031) 908-3181(대표)
팩스 031) 908-3189
홈페이지 http://ebook.kstudy.com
전자우편 출판사업부 publish@kstudy.com
등록 제일산-115호(2000. 6. 19)

ISBN 979-11-6603-299-8 03810